U0585091

小岛

陆颖墨 著

作家出版社

图书在版编目（CIP）数据

小岛 / 陆颖墨著 .—北京：作家出版社，2019.11（2020.1重印）
ISBN 978-7-5212-0741-5

Ⅰ.①小… Ⅱ.①陆… Ⅲ.①短篇小说—小说集—中国—当代 Ⅳ.① I247.7

中国版本图书馆 CIP 数据核字（2019）第 229061 号

小岛

作　　者：陆颖墨
责任编辑：省登宇　周李立
装帧设计：琥珀视觉
出版发行：作家出版社有限公司
社　　址：北京农展馆南里 10 号　　**邮　　编：**100125
电话传真：86-10-65067186（发行中心及邮购部）
86-10-65004079（总编室）
E-mail:zuojia @ zuojia.net.cn
http://www.zuojiachubanshe.com
印　　刷：玉田县嘉德印刷有限公司
成品尺寸：142×210
字　　数：130 千
印　　张：7.75
印　　数：15001-25000
版　　次：2019 年 11 月第 1 版
印　　次：2020 年 1 月第 3 次印刷
ISBN 978-7-5212-0741-5
定　　价：29.80 元

目　录

归 航

巨浪猛扑过来，掠过右甲板，迎头浇盖了整个舰桥。舰长肖海波心头一凛，死死盯着右边的海面。一个巨浪更加猛烈地狂扑过来。他冷笑:“果然是你！”紧接着，舰身大幅度左斜。他扶牢站稳，对那个把身躯捆在铁座椅上的操舵兵果断下令:“右满舵！”

海情这么糟，一切都在预料之外。从日本海过来的“丽莎”台风，原来预测是九级，所有舰艇全部驶离军港，进入防风锚地。没想到，风力骤升到十一级，上级命令机动防台，防风锚地的五艘驱逐舰、八艘护卫舰迅速撤离驻泊海湾。偏偏，肖海波的西昌舰却无法离开，围着防风水鼓来回打转。

西昌舰是新型驱逐舰，肖海波任舰长已有三年。他知道，一般的台风对他和西昌舰来说，不算大事。但他下达出航命令时，立即感到了异常：兄弟舰很顺利地解缆起锚，西昌舰却无法解开缆绳离开防风水鼓。"丽莎"风向向南，机动防台必须顶风，军舰统一迎着台风向北航行就可以了。西昌舰遇到的麻烦是，一股更大的台风从偏离航向九十度的方向扑来。巨浪早就一次次冲上甲板，水兵根本无法过去解开缆绳。肖海波马上反应：军舰被狡猾的土台风咬住了。这太平洋上的土台风，来无影，去无踪，根本不在预报的视线之内，也没法预防。这风，肖海波遇到过，也较量过，虽然没有输过，但心里并不托底。

军舰左右猛烈晃悠，有几次和钢铸水鼓擦肩而过，有些官兵开始慌神。一个老水兵在腰上系上保险带，要冲出舰桥，试图在巨浪间隙中解缆，他半个身子刚出舱门，肖海波一把把他拽回，吼道："想喂鱼呀?！"

怎么办?！肖海波自己把头伸出舰桥舱门，看着缆绳那侧的甲板随波浪上下摇摆。那几千吨的水鼓上拽住军舰的缆绳异常结实，随着风浪和军舰的摇晃，缆绳一下子沉入水中，一下子又划破海面从水里跳出，绷得笔直。每绷直一次，都散过来大片的水珠和水雾。一沉、一拉，一沉、一拉，这每一次变动，都扯动着肖海波的心肺。突然，一个更大的浪过来，缆绳猛地蹦出拉直，肖海波一咬牙，一把斧子从他手中飞了过去，他心中大叹一声："晚了！"斧刃准确地砍中了绳子的中间，但舰身随着波浪左斜，绳子也开始下垂，斧刃和缆绳的撞击远远没有产生应有的力度，滑过了。

"手里只剩一把斧头了！"肖海波对自己说。他握住斧把的手有些颤抖，一是要计算好时间差，更重要的是，能不能再次击中！如果这次失败，要不了半小时，更大的风浪就要过来，西昌舰就只能和钢铁铸就的水鼓不停地碰撞了……

台风不允许他犹豫，他努力对自己说："你能行，能行！让自己静下神来！"缆绳刚弹出水面，斧子就飞了过去，在缆绳绷得最直时，一下子给斩断了！

西昌舰像脱缰的野马，飞速驶离锚地。

一团蓝色的火球从远处的海面滚过，不一会儿传来一阵闷响，是滚地雷！滚地雷是南太平洋特有的怪物，沿着海平面乱窜，一般的避雷装置对它没用。南海岛屿上不少人都吃过它的亏。西昌舰设备先进，不怕。但看到了滚地雷，肖海波更加断定今天这土台风是传说中最凶狠的，自己以前没有遇见过。不一会儿，像是为了印证他的判断，更猛烈的风变换着方向来回推揉着舰身，能听到舰上的龙骨在嘎嘎作响。巨浪中，几千吨的西昌舰像一叶小舟，前挑后撅，左晃右摆。有两次，倾斜角度超过了六十度，似乎就要翻身沉入海底，但它还是倔强地回过身来，昂起舰首。

现在，无关人员都撤离了舰桥。电报员只能趴在地上发报，肖海波也只能抱着柱子，努力不让自己滑倒。不行，一定要赶紧想出对策，救出这条舰！他不知怎么办，开始慌神，但很快镇静下来。也当过舰长的父亲曾对他说过：海情简单时，不能大意；海情复杂时，千万不能害怕！眼前，土台风像一条毒龙死死缠上了西昌舰，四面都有台风巨浪的重围，怎么也冲不出去。

他久久凝视着海面。

突然，他腾出左手，揉了一下眼睛，又揉了一下，心里一动。

他连忙问操舵兵："看见左边那个大漩涡了吗？"

操舵兵立刻点头。

"就朝那儿开！"

操舵兵回头诧异地看着他："朝那漩涡开？"

"是的，执行命令！"

没有犹豫，舰艇马上左拐三十度，猛一加速，一下子冲进了那片有漩涡的海面。

好像，舰身变得平稳起来。

肖海波长吁了一口气：又一次判断正确了。

现在西昌舰到了土台风的中央，在台风中心，风力是最小的。那海面上的漩涡，正如他的判断，不是海流汇出来的，是风在水面吹出来的。看来，平时的功课真没有白做！

舰桥里的几个兵，管舵向的、管速度的、管航线的、管报务的等，都回过神了，用钦佩的目光看着他们的舰长。肖海波羞于接受这种钦佩：暂时是安全了，但依然在最危险的地方。下一步怎么办？副舰长早让他派到了轮机房，那里非常重要，舰桥是军舰的脑子，轮机是军舰的心脏。台风刚来时，有几个新兵晕船呕吐，吐出了胆汁，有一个昏头昏脑差点儿掉进海里去。舰医出身的舰政委就是有办法，思想和身体一起调理，把他们稳住了，到现在也没人惹麻烦。台风中晕船不是小事，二十世纪七十年代，发生过几次新兵因受不了晕船呕吐而跳海的事件。

台风中心在朝西移，但具体方向老是变来变去，肖海波只能凭自己的经验，指挥着军舰与台风中心同步西移。舰身还算平稳，但巨浪仍然在不远处虎视眈眈地包围着他们。

什么时候风能小下去呢？这是他现在最想知道的问题。土台风无法预测，上级也没法告诉他。怎么办呢？

忽然，他心中一阵发空，几乎同时，他听到报告："舰长，我舰已进入公海！"

每次离开祖国的领海，肖海波都会感觉心里空空，但现在立刻变沉重了——由于高度紧张，不觉在台风中心已航行八个小时了。以往对付土台风，如果冲不出去，就拖时间，台风闹腾一阵，就要慢慢变弱，像乌合之众，各自散去。而今天这个土台风，看样子绝非善类，铁了心让军舰跟着它走。再这样被台风胁持着漂下去，不知会漂到哪个国家？会不会引起一系列不必要的麻烦？还有，航道上会不会遇到暗礁？肖海波的心揪了起来！

新舰服役时，首长对他和舰政委说过："这么好的家当，就由你们收拾了。记住，军舰只要一离码头，不管遇到什么难处，不能指望别人，要靠自己过硬的本领！"是的，靠自己，不能一直这样，要冲出去！

可冲出去，行不？

肖海波脑中飞速盘算。难度大，风险也大呀！台风是旋转的，冲出去就必须顶着风，还要同时朝外围偏离。台风旋转无规律，要突围，军舰的速度和航向只能靠他舰长即时判断，稍有差错，让台风和巨浪从侧面拦腰掀起，军舰就可能被掀翻。他深情地看了看身边的几个操作兵，他对他们每个人都了如指掌，但是在这生死关头，他们对我这个舰长有没有信心？

他下达了突围命令。几个兵没有吱声，都回首看了他一眼，他用眼神给予了回答。按规定，遇到突发海情，航线变化都是合理的。上级也来电指示，让他们根据具体情况处置。但是，水兵们的眼神告诉肖海波，他们有信心，也赞同舰长的决定：突围！

很快，军舰掉过身来，冲进了狂风巨浪。庞大的舰身，在肖海波和水兵们的操纵下，竟然变得如此灵活！不管风向怎么变，巨浪怎么打，舰首总是紧紧咬住台风的风头。台风好几次绕到了舰身的左侧，想咬住它，把舰掀翻，就是没有成功。舰首和左甲板都像勺子一样伸进了巨浪，但是每一次都把巨浪的牙齿击碎。每一次快要冲出台风圈的时候，总有一个更高的巨浪张开大口，似乎要把西昌舰吞掉。肖海波知道这张大口的后面，就是平静的海面。他终于下定决心指挥操纵军舰冲进了那看似凶猛的大口……

突然间，舰身一震，恢复了期待已久的平静。肖海波眼睛一闭，凉凉的东西从他的面颊流下。他回过头来，看到身后的海面上，一条“巨龙”翻滚着远去。再回过头来，霞光万道，风平浪静，一条金色的航道在前方展开。

“向着祖国，归航。”他呢喃了一声，但水兵们都听到了，响亮地回答：“归航，向着祖国！”肖海波忽然意识到，是他下达的命令，是他当兵以来，声音最轻的命令。

小 岛

无边无际的大海上，有一座小岛，远远望去，像一片云在天边浮着。这里树少，草少，土也很少，却驻扎着一群海军士兵。

将军上岛时正是这儿最凉快的时候，也就是二十七八摄氏度吧。没法子，谁叫这儿离赤道近呢？也算是一种近水楼台吧。将军不怕热，当年收复礁盘那一仗，他在这里负过伤。那时他也就是和这帮兵一般大，嘴上刚冒出胡楂楂。那次他腿上让弹片擦划了一下，鲜红的血洒在雪白的珊瑚礁上，在将军的记忆里构成了一幅难忘的图画。那点儿伤，本不是大事，可就因为天热，伤口感染了，差点儿要了他的命。后来，因为补给上的困难，小岛上一度没有驻兵，直到去年。

小岛不到一个足球场大，转一圈也用不了十分钟，所以，到第五分钟时，将军就发现了问题。

“那碉堡，南边是什么东西，搞得那么神秘。是暗堡？”将军说着就走了过去，才看清那儿用珊瑚礁围成一圈，上面用油布遮挡着。掀开油布一角，竟露出一片绿绿的菜地。

将军不由得一愣。他知道，在这个地方，植物是无法生长的。因为主要吃罐头，缺蔬菜，不少战士一上岛，很快就牙根发烂，满嘴起泡。从大陆上运来的蔬菜，还没上岛，就要烂掉一大半。即使有幸存的，叶类菜过不了两天，瓜果类最长也熬不过一个星期。其他时间，最好的就是酸菜罐头了。看着眼前一片片绿叶亮晶晶的，将军真疑心自己是不是在做梦：“这是怎么弄出来的？”

守备队长说：“他们搞了人造地。”

将军说：“我当然知道是人造地，问题是，这土是怎么来的，菜又是怎么长起来的？”

队长说他是北方人，从大棚养菜得出启示，也搞了这个帆布棚，北方大棚是为防冻，这个棚却是防晒。这些土，都是战士们从老家一口袋一口袋背来的。

“都从老家？”将军一时纳闷，“就近的海岛上有土，不也行吗？”

“是呀，可战士们愿意从家乡背，连菜种也是从老家带来的。您看，不少北方的菜在这里都活了。”

将军弯腰细看：好家伙，小小一块菜地，光小白菜秧子就有好几种。

将军航海多年，方位感很强，看天看地就能分出东南西北。他马上明白为什么这菜地要放在礁堡楼的南面：礁盘在南海里太远，太阳不在东方升起，而是从北方朝这边射着。选这个地方种菜，才能正面挡住紫外线强照的光。

“晚饭后，我们就可以把帆布都掀开，让您看看菜地的全部。”队长自豪而又诡秘地一笑。

将军的眼光抓住了这一笑，心想：小东西，还有什么瞒着我呢。就说：“好，我就在晚饭后来看。”

同行的秘书着急了：“首长，不是定了赶回舰上吃晚饭的吗？”

将军当然不会忘。还是他自己定下的规矩：在这一海域，为了减轻岛礁上的负担，吃住必须返回军舰。但现在，他对随行人员说：“你们乘小艇返回，我在岛上不光吃晚饭，还要吃明天的早饭。”

大家都吃惊。

秘书马上问队长：“晚上岛上吃什么？”

将军白他一眼：“吃什么？战士吃什么我就吃什么。”

秘书更急了：“您的血压和血脂……”

将军挥挥手："就这么定了。"问队长，"欢迎不欢迎？"

队长很矛盾，不太情愿的样子："欢迎是欢迎，可您的身体……"

将军又问围过来的战士们："你们欢迎吗？"

"欢迎！"

将军点点头。他要住下来，可不是因为守备队长的那一笑。他是想，要是这种菜法子真能推广开，那对这一带的守岛守礁部队的作用可太大了。这种看上去的小问题，往往直接关系到部队的战斗力。

小艇终于走了。晚饭时，队长陪将军来到队部，办公桌上摆了好几个盘子，有罐头，也有几种鲜鱼，将军知道这儿的鱼不稀奇，也就没说什么，坐下来拿起了筷子。

就在这时，炊事员端来一个盘子，将军一看，脸色马上变了。

那是一盘小白菜。

"这是谁的主意？"

队长不知说什么好："大家的……"

"大家的？哼！"将军重重地放下筷子，起身，"我说和战士们一起吃，你劝我说我去了他们会拘束，我就听了你的。现在倒好！我问你，战士们有蔬菜吃吗？"

"一个星期吃一次。"队长声音小了。

“我问的是今天。走，去看他们吃什么！”

队长急了：“首长，您别去了，这盘菜您一定要吃下去，要不，您会后悔的。”

将军一愣，不知队长说的什么意思。

队长想了想，对将军说：“您等一下。”他跑了出去。过一会儿，他又跑了回来，指着窗外：“首长您看。”

将军顺着队长指的方向看去——

那一片帆布棚已经翻开，露出了一大块菜地，那绿油油的一片，竟构成了一幅中国地图。

将军在心里一阵沉吟，凝视着那片绿色。

“全国的省份，有一大半有土在这里。岛上的战士知道您身体不大好，又上了年纪，一致要求务必让您能吃上蔬菜。他们每人从自己家乡的土上摘下一根自己家乡的菜，就凑成了这一小盘……大家不是把您看成首长，而是一个长辈。”队长在边上喃喃地说。

将军只觉得鼻子有些发酸，就别过脸来，刚好看见那盘青菜。他怔了一下，走过去端起来，大步走了出去。

饭堂里，战士们正在吃饭。见将军进来，都停住筷子。将军看了看他们桌子上的罐头，喉咙哽了一下，说：“同志们……”停了一下，又说：“孩子们，我给大家分菜，每人一筷子。”

战士们怕烫似的马上躲远。将军没有追过去，也知道自己没法追，从战士们闪开的敏捷中，他看到了陆战队过硬的军事功底。他站在原地，一时不知怎么办才好。

终于，他眼睛一亮，看到了饭桌边上的一桶汤。他走过去，顺手把手中的菜倒进汤里，而后拿起汤勺，在桶里搅了几下。

这一切在几秒钟里完成，将军的动作也可以说是敏捷。现在，他舀起一勺汤。

没有人招呼，战士们自觉地围了过来。一勺一勺的菜汤舀到了战士们的碗里。将军看到不少人的眼角有些晶亮，自己的鼻子又开始发起酸来，本来想说些什么，脑子乱了，就张了张嘴……

清晨，将军离开了小岛，驶出海面好远，他忽然让快艇又绕回到礁盘的南边。这时，他看到那片绿色上面，一轮鲜红的太阳正在从北方升起。

他向着太阳，向着那片绿色，也向着小岛，行了一个标准的军礼。

金　钢

一

凌晨三点，礁长钟金泽准时起床，猫腰悄悄出了礁堡的门洞，到了平台。说平台，也就相当于半个篮球场，整个礁堡矗立在茫茫南沙海面，底盘也不过一个篮球场大。

今天夜里凉爽了，除了哨兵，大家都睡得很香甜。为了这香甜，礁上关闭了柴油发电机，用太阳能储存的电保障仪器设备的运行。钟金泽快步走到礁堡的西侧，见军犬金钢正在呼呼大睡，百感交集。昨天傍晚，钟金泽喂了它两片安眠药，它终于踏实地趴下了。

钟金泽眯起眼睛，看了看平静的海面，又仰望满天的星星，重重地叹了一口气。他转过身去，蹲下凝视熟睡的金钢，像是有感应，金钢动了一下。它醒了？没有。金钢舒服地翻了个身，还是呼呼大睡。听鼾声，比刚才还要香甜。

这南沙的海面像镜子一样，一轮明月带着满天繁星映在上面，晶莹剔透。放眼望去，上下两个星空在天边无垠处相连，分不出哪儿是天、哪儿是海。钟金泽恍惚间，礁堡也变成了一颗星星，进入了太空。

这里是中国海的最南端，乘军舰到海南岛至少要五十个小时，到西沙永兴岛要三十多个小时。去最近的兄弟礁堡，也要坐上五六个小时的舰艇。

都说四月的南海西湖的水，浪小海面平。现在已经到了七月，海面还像四月一样平静，平静得让人害怕。钟金泽下意识地摸摸自己的膝盖：伙计，天气预报准吗？

来南沙前，他在西沙待了十多年。岛上湿度大，腿关节染上了严重风湿，老是咯咯作响。膝关节不同程度的疼痛，告诉他要来什么样的天气。小疼是天天有，如果疼得要贴膏药，那雨就要来了。去年九月份，他调来南沙守礁，这儿的湿度比西沙还要大，所有人在礁上都要戴着护膝。在西沙，虽说小岛不到一平方公里，但有泥土，有树林和植被，在茫茫大海中具有调节湿度的能力。而南沙，礁堡就是一个水泥墩子，杵在水中央，空气中的湿度，还有温度和盐分，要比西沙高出许多。所以在南沙上了礁，虽然有护膝，他还是经常要贴膏药。一旦要下雨，就疼得受不了，得吃止痛片。吃几片，就知道雨多大。昨天下午，他吃了，还好是一片。

三点半了，指导员也悄悄来到了平台。班长刘岩带着两个老兵抬出了橡皮筏子。钟金泽走过去，拽了拽筏子上的绳子，有些走神。腿是不怎么痛了，心里却痛得厉害：半小时后，金钢就要乘着这个筏子，在茫茫大海上独自漂流……

二

金钢跟随钟金泽已经五年零八个月了。在西沙，每一次巡逻，它都在前面引路。特别是在珊瑚礁上，有金钢领着，就能在潮起潮落中，轻松避开那一条条深深浅浅的海沟。要是遇到复杂天气，金钢的作用就更大了。

在西沙守岛部队中，金钢是出了名的。它能在一群避风的渔船中发现危险品，避免重大事故；它能在漫天大雾中帮助部队准确找到目标；它还能在台风的间隙中，给困在哨所的几个战士送去食物。

钟金泽当排长那会儿，有天海上突然起了土台风，一艘渔船中招，在岛西边触礁散了架，七八个渔民都掉到海里。土台风是南中国海的“特产”，突然生起，突然消失，神出鬼没，无法预报。还好台风中心没到，战士们开着小艇，顶风把他们一个个救到岛上。渔民们感激得流泪鞠躬，但叽里呱啦的，战士们听不懂说了什么。新兵刘岩是海南黎族人，在哨位值班，被钟金泽找来，听听是海南哪儿的方言。刘岩一听就急了：“他们不是中国人！”从刘岩那双喷火的眼睛，钟金泽马上明白这帮渔民是哪里来的。刘岩的父亲也是渔民，一年前打鱼被台风吹到他们那边，让巡逻艇抓住，打伤了腿。因为这事，刘岩连大学都不上了，直接到了海军当兵。突然，刘岩抄起根棍子要冲过去，钟金泽急忙把他抱住。

这时，金钢猛叫了几声。钟金泽抬头一看，岛南边海面上漂浮着一个红点。是个渔民，被浪从西边打过去的。钟金泽赶紧解开摩托艇的缆绳，上艇发动引擎要去救人。不料，咯噔一下，小艇猛地刹住，他一个踉跄，差点儿冲到海里。回头一看，刘岩把缆绳套住了，不让去。小艇的发动机还在快挡上运行，缆绳拉得笔直，像要飞起来。艇尾离岸三四米，他够不着。正干着急，只见金钢一口咬断缆绳，飞身跃上摩托艇，快艇箭一样冲了出去。

快要接近目标了，浪变得更大，小艇不敢停下。眼看着渔民就要被大浪吞没，钟金泽冒险让艇身划了个大弧，小艇从对方身边掠过的刹那，金钢把口中的缆绳猛地甩出，对方接住了。

台风后，上级派船把渔民接走了。因为这次救人，钟金泽和金钢，还有几个战士都立了功，刘岩挨了个处分。

刘岩憋了一肚子火。那天，他看到金钢尾巴一摆一摆的样子，气不打一处来，踢了一脚它的屁股，那一靴子上去还真不轻。金钢一声惨叫，转身反扑过来，一下把刘岩扑倒在地，白森森的牙齿压住了刘岩的喉管。刘岩吓蒙了。远处的钟金泽一看，大叫“金钢”，直奔过来。可谁想，金钢早就收了爪子，还咬着刘岩的衣服拽他起身。刘岩满脸通红，气急败坏地又捶了一下金钢。当然，这回不敢用劲了，金钢像被按摩了一下，欢快地叫了起来。从此，金钢老是围着刘岩闹，亲热得很。

一年夏天，两栖突击队来西沙海训，上了岛。带队的连长和钟金泽是一个新兵连的。这小子入伍前就是省里的少年武术冠军，当兵后又考上了特种兵学院，武艺高超是全海军有名的。没想到在岛上能见到钟金泽，特兴奋，聊个不停。钟金泽听他侃，开始觉得挺开眼界，渐渐觉得话头不对，牛了，似乎有点儿小瞧守岛部队的意思。钟金泽就截住话头，把金钢抬了出来。没想到这家伙说：“兄弟，落后啦。这金钢，守守小岛、看家护院还行，遇到我们正规军，就差点儿事了。”钟金泽心里不爽：怎么啦，你特种兵是正规军，我们守岛部队就不是啦？他马上让刘岩把金钢叫来：“你俩比比，看谁差点儿家伙什。”那连长说：“让军犬跟我比，比啥？无声手枪一枪就够。”钟金泽问：“用无声手枪算啥本事？”连长反问他：“敌人来偷袭，还约好立个规则？”他拍拍钟金泽的肩，“兄弟，时代不同啦。”

“啥不同啦？”钟金泽冷笑了一下，“你用无声手枪试试看。”

“我不试，别坑我。”

钟金泽根本不让步：“谁坑你，橡皮子弹你不会用啊？刘岩，防弹背心给金钢穿上。”刘岩应了一声，马上把印有军徽的军犬防弹背心给金钢穿上了。

“别穿了，还背心呢，我是枪枪爆头。”连长说。

“你爆给我看看。”钟金泽为了金钢，为了守岛部队，非要争这口气。两个人争来争去，最后上级同意他们用橡皮子弹比试一下。

比试在小操场，守岛部队和海训部队都来观战了。当刘岩牵出金钢时，那个连长一怔：这是哪一出？金钢居然没穿防弹背心，却戴上了像防毒面具一样的头盔。他觉得钟金泽糊涂了，比武的要诀就是一枪爆头或击中心脏，不让军犬发出叫声。但连长没敢轻敌，飞快闪进了操场旁的椰林，借着椰树和金钢周旋。几个来回，他卖了个破绽，突然一下跌倒。金钢飞腾而起，直扑过来，连长迅速拔枪反身对它心脏射击。但一扣扳机，他立刻愣住了——金钢跳起来的时候，用左前脚紧紧护住了胸口，橡皮子弹击中了它的前肢。几乎同时，金钢发出了一种人们从未听到的吼叫，低沉而又有力，这种声音传得很远很远。

连长马上明白，金钢受过特殊的训练：当它被袭击时，在生命的最后时刻，会用尽全身的力量向部队报警！

在场的人都被金钢的一声吼叫镇住了，这是一个真正的勇士以生命相许的誓言！

吼叫声中，连长快速向左避开。但金钢在空中弹起的瞬间，依然盯住他的动向，变换了身姿，侧身扑到了左边，拖住了连长的右腿。

连长服气了！

比武结束，连长走过去对着钟金泽就是一拳："没想到你小子还挺狡猾。不让金钢穿防弹背心，给我卖了个大破绽。"当天，他就拿金钢的这声吼叫来激励第一次参加海训的新兵——看看人家金钢！

这一声吼，也让钟金泽出了名。从海岛的实战出发，他在金钢身上费了多少心血、开了多少小灶可想而知。也确实，为了让军犬在海岛更好地发挥作用，这些年，钟金泽真是没少费心思，摸索出大量的经验。

所以，他十分有底气向上级要求：带着军犬金钢到南沙守礁。

三

军犬为西沙守岛部队立下了汗马功劳。南沙的守礁部队，也尝试让军犬上岗。但是，经过一个阶段的试训，没有一只军犬能在南沙待够两个月，最后都让补给船或经过的渔船捎回了大陆。那时，钟金泽在西沙，一直关注着这件事，听到一次次尝试的失败，感到很惋惜。直到去年，听说上级决定放弃这种尝试，开始研制“电子狗”，他着急了。因为金钢，他对所有的军犬都有深深的感情，他不愿意让军犬认这个输。凭他的经验，军犬的嗅觉、听觉，尤其是第六感觉，“电子狗”是无法替代的。

钟金泽不甘心！他一次次地请求，终于，上级同意他带着金钢再做一次尝试。

按照专家的结论，人在礁盘上的极限是三个月，超过三个月，会慢慢变得狂躁和思维退化，所以守礁的士兵都是三个月一轮换。但这几年，有不少海军官兵在打破守礁的纪录，从三个月到六个月，再到九个月甚至一年。钟金泽想，既然人在不断突破极限，金钢也应该能闯过这个难关。而且和别的军犬不一样的是，金钢在海岛生存的经验丰富，更容易适应南沙的环境。特别是有一年西沙来台风，几乎两个多月他们都没出过营房，应该和南沙的空间环境比较接近。他想，一旦金钢能在南沙礁盘上待够三个月，那就证明，只要训练对路，军犬是可以守礁的。那么每三个月，就可以和守礁部队一起轮换了。

但是，钟金泽还是非常慎重地展开这次任务。他提出，他先上南沙守礁几个月，等情况熟悉了，再让金钢上南沙。

去年九月，钟金泽到南沙守礁部队担任见习礁长。在南沙，他感受到了和西沙不一样的体验。刚上礁不久，一场特大的台风从西太平洋猛扑过来，巨大的波浪一个接一个劈头盖过来，像要把礁堡变成潜水艇。等到巨浪过去，刚松一口气，台风正面就冲击过来。窗户上几厘米厚的钢化玻璃叭叭作响，先是朝屋里慢慢鼓起，像块软塑料，紧接着出现了一个个放射状的纹路。钟金泽感觉玻璃就要炸开，问老礁长，是不是赶紧把战士们撤到地下室去？老礁长有经验，说不用。一整个下午，他死死盯着那鼓起的玻璃和一条条裂纹。那叭叭的响声，总像在告诉他玻璃马上就要炸开了。终究没有。但台风过后，还是换上了新的钢化玻璃。

第一次守礁，钟金泽就闯过了三个月的节点，轮换时，他要求留下来。到今年三月初，他整整守了六个月。要不是膝盖不争气，他还想再守三个月。当然，这六个月的见习礁长没白当，礁盘的潮汐规律，他烂熟于心，连天上北斗星随季节的变换，都记在了脑海里。

四

钟金泽是在今年三月随轮换部队下的礁。在大陆休整了两个月，觉得腿上的疼痛减轻了，他就和金钢一起上了南沙礁堡。

金钢刚上礁那十来天，可欢了。它见到了礁长钟金泽，还见到了老朋友刘岩。应该说，金钢上礁堡前，钟金泽已经为它打造了相对熟悉的环境。

金钢在礁堡上开头那十几天，还真没事。日子久了，问题就来了。五月份，随着天气一天比一天闷热，金钢的舌头也越伸越长，喘气声也越来越粗。有个浙江新兵小周开玩笑说："这金钢刚上岛喘气像奔驰，怎么现在像推土机了呢？"虽说小周是开玩笑，但说到了钟金泽的痛处。金钢喘粗气，他听着心里也憋得慌。

小周在家里养着一条黑背，所以见了金钢特别兴奋，没事就来逗金钢。他找了钟金泽好几次，要跟着刘岩一块儿训练金钢。钟金泽让他先陪金钢逗逗乐、解解闷，算是考察。

金钢不愧是金钢，不管天多闷多热，傍晚稍凉些，就跟着刘岩在平台转着圈跑开了。虽然场地过小，弯绕得有点儿急，有时头会眩晕，但金钢的跑步训练没有减少。一只军犬的爆发力，全在它的助跑。如果不练，爆发力就会慢慢减弱。在南沙这么小的地盘上让金钢练跑步，还真不容易。钟金泽让小周给刘岩做帮手，这小周还真顶点儿用，上手很快。

落潮的时候，战士们走下礁堡，在礁盘上巡逻也带着金钢去。但这儿的礁盘和西沙不同，吃水深，露出水面一块一块，在路线上不连续，战士们不时要踩到没膝的海水里。好在这里海水很清，水里的礁石看得清清楚楚，战士的脚不会踩空，只是金钢要跑起来就很困难。看来，要让它熟悉这儿的地形，也不是一两天的事。

开始，金钢一直由刘岩牵着训练。到后来，小周在礁盘上的步子也扎实了，让他牵了几回金钢，把他美得不行。

一天天下来，终于坚持了两个月，七月底到了。天气预报，台风和雨季一周内就要来到。雨季，战士们欢迎，天变凉，还能收集淡水。但南沙的台风着实让人惊恐。

补给舰来了，这是台风前礁堡的最后一次补给。下次补给，要一个多月后。

领导特地来电话问："金钢还能不能再坚持一个月？要不要把它接下礁盘？"钟金泽知道这是个严峻的问题。这一个月台风期，不光上级不会再派舰艇过来，其他船只也不会有了。他算了一下，金钢上南沙守礁已经有两个月零三天，超过了其他军犬的最高纪录十九天。再有一个月，就是胜利。现在没有任何失败的征兆，凭什么让这次任务半途而废呢？如果这时让金钢提前离开礁盘，那他钟金泽和金钢这两个多月就算是白来了。

但是，万一金钢撑不过去呢？他心里颤抖了一下。那就彻底宣告军犬在南沙守礁的失败，部队只能等上级派“电子狗”来了。“电子狗”什么时候研制出来，效果如何，不得而知。

金钢不能走！在南沙，钟金泽如果这么轻易便宣告失败，就是对金钢的不负责任，也是对自己和部队的不负责任。一次次难关，他和金钢都闯过来了；一次次战功，他和金钢都立下来了。他的金钢什么时候丢过人？他钟金泽能从士官直接提干成排长，不就是因为立过一次二等功吗？那个二等功，钟金泽心里清楚，一半是金钢的。

他又想起了那次比武。发出那种吼声的金钢，能熬不过这三个月吗？自己六个月都能过，要不是膝盖，九个月也行，金钢能顶不住这三分之一？

礁上紧急召开支委会会议，钟金泽的意见大家都同意。

在军舰驶离码头前的最后三分钟，钟金泽正式向上级汇报：“金钢留下来，能行！”

五

万万没想到，军舰离开后的第三天，出事了。

第三天上午有点儿闷，下午三点多突然起了凉风。大家看到旗杆上的国旗飘起来了，都到平台上乘乘凉。说乘凉，也都是穿得严严实实。要不戴上护膝，凉风带着湿气会悄悄地钻进骨缝；要不穿长袖，南沙的紫外线两小时就会让你脱层皮。全礁十二名战士，除了在机房值班和夜班补觉的，来了七八个。主角又是小周，这小子，仗着去过的地方多、见得多，就喜欢神侃，但也有人愿意听。开头几回，钟金泽听不下去，想让他收敛一些。指导员拦住了，说在岛礁上，巴掌大的地方，新的话题是化解寂寞的最好办法，有这个活宝在，能让他少操不少心。指导员比钟金泽小四岁，但是“老南沙”了，钟金泽这个“新南沙”当然得听他的。

这天，小周扯得有点儿远。他说自己属马，世界上带“马”的国家，他上中学时都去过。

马上有人问：“哪几个带‘马’的？”

“马来西亚、马尔代夫、马达加斯加、马赛、马德里……”

马上有人截住：“等等，这马赛、马德里是国家吗？”

小周根本不接话茬儿，话题一转："我就说这个马尔代夫呀，就像我们南沙。"

对方又追上来了："哪儿像啊，是海水像吧？"

大家都笑了。

小周就像没听到，接着说，说等他退伍了，就到南沙礁盘上来建个五星级酒店，再建个度假村，马尔代夫也没这儿漂亮。到时候，和他一起守南沙的一人给一套房。

大家又都哄笑了："那金钢有没有一套？"

听到战士们开怀大笑，钟金泽心里也舒坦了许多。守礁兵在这茫茫大海、海天一色中，待太久容易抑郁，这大笑一次，起码管三天。

钟金泽坐在门洞口，没戴太阳镜，眯着眼睛仰看猎猎作响的国旗。上午湿度太大，都超过了百分之百，国旗湿漉漉地紧挨着旗杆，像要滴下水来。下午来风了，国旗飘扬起来，能看出旗面上一道道深深浅浅的印痕，那是湿布面被紫外线照射的结果。正面对阳光的，红色褪了不少；藏在皱褶里的，颜色还很深。再细看，还能看见旗面上一圈圈不规则的白细线，那是空气中的盐分留下的痕迹。

小周说得兴起，站起来了，走到趴着喘气的金钢面前："你能不能守三个月？守够三个月我就给你整一套，咱俩做邻居。"见金钢光喘气不理他，有些没面子，就用右脚尖拨开它的前爪。

金钢忽然抱住他的右脚，一口咬了下去。紧接着小周一声尖叫，抽出腿，退了好几步。要不是边上有人拽住，他都要掉海里去了。

钟金泽正冲着国旗凝神，听叫声吓了一大跳。金钢抱住小周右脚时，他以为是闹着玩的，没想到真下了口。钟金泽跳起来冲过去，要吼住还朝前扑的金钢。没想到，金钢张着大口朝自己扑了过来。好在钟金泽经验丰富，采用了反制措施，和刘岩一道把金钢按住。匆忙赶来的军医，给金钢打了一针麻醉药才将它稳定住。钟金泽赶紧去看小周的脚，还好，靴子结实，留了两排牙印，没有咬破。但他心里更是着慌，凭金钢以往的水平，这样的靴子能咬不破？这脚，能让小周抽得回去？

小周连说没事没事，可钟金泽怎能没事？多亏是白天，要是晚上人睡着了，扑过来还了得……直觉告诉他，这环境，金钢挺不下去了！别的军犬是蔫下去，金钢倒是刚强，只是刚强得控制不住自己了。

六

情况马上向上级报告了，同时申请上级派艘船来把金钢接走。

上级很快答复：台风快来了，船不可能派。上级告诉他们：舰队机关紧急联系了中远公司，所有货轮都已驶离这片海域；广东、广西和海南的渔业部门也回应，渔船已进入防风状态。为了守礁官兵的安全，需要对金钢尽快就地处理。

处理？钟金泽如遭电击，从头麻到脚。

自己的金钢就这么处理了？不知怎么的，他脑中浮现出那次比武，那个连长举起的手枪，以及金钢那声震撼人心的吼叫……

他不能接受这个现实，但心里明白，上级的命令是正确的。

支委开会，研究处理的方式。

小周知道要处理金钢的消息后，发了疯似的冲到队里："是我惹的金钢，要处理就处理我！"

钟金泽和指导员都劝他，这不关他的事，是金钢自己扛不住这恶劣环境的高温、高湿、高盐，特别是长时间的水天一色让它大脑紊乱。

小周哪是这几句话能说服得了的？他要用军线通知大陆的战友，让找家里人花大价钱雇地方船过来接金钢。钟金泽说支部还要研究，不要胡闹！让刘岩先把他拉走。

"处理"这两个字，像刀片一样扎在钟金泽的心头。他太了解金钢了，作为一名老战士，金钢是不会惧怕死亡的。它牢记的就是生命的最后一瞬，向战士们发出呼叫警报。而现在，就这样窝囊地离去，金钢自己肯定是万万不能接受的。看着被打了麻药趴在那儿一动不动的金钢，痛苦和内疚像潮水一样把钟金泽覆盖、吞噬。这次任务，是他请缨，付出的竟是金钢的生命。他从来没有如此深切地想过，和他朝夕相处的金钢，立下一次次战功的金钢，也是血肉之躯。他想：上次守礁后回大陆休整，刚上岸那几天，他好几次把日子搞混了。上次守礁，如果真的在六个月的基础上再加三个月，自己是不是也会脑子紊乱？

不错，金钢是和他在西沙一起躲过两个月的台风，但台风的间隙，他们出去过几次。在这里，他觉得让金钢下下礁盘也一样，怎么就不想想西沙岛虽然小，但有树林、植被，而这里只有水泥礁堡，只有海天一色。军舰离港前，他给上级答复时，为什么不把这些不利的因素考虑一下？光让金钢来壮自己的胆，却没有考虑金钢……往深里想，是不是因为自己的腿风湿太厉害，自己在岛礁的时间也不会太长了，急着想和金钢一起再创新的辉煌？因为这些，害了金钢。

巨大的痛苦变成了深深的自责，几乎让钟金泽喘不过气来。但他没有时间犹豫。处理金钢，自己接受不了，战士们同样接受不了。

刘岩来报告，小周老要来找金钢，看它醒没醒，说让它咬一口，他爸就是到国外租用万吨轮也会来救自己这个独子的。钟金泽的心又揪住了，真有人被咬了怎么办？

必须尽快处理。气候不等人，战士的情绪也不等人。

支委会会议开了一个多小时，争来争去没有结论。钟金泽明白，大家在等他表态。他说了想法。处理金钢，一种选择是天天注射麻醉药，熬几天算几天，这样的结果，金钢不是变傻，就是孤寂地死去。第二种选择是直接注射药物，让它无痛苦地死去。大多数人选择了第二种，但是刘岩反对，钟金泽自己也反对。于是他咬了咬牙，艰难地提出了第三种选择：让金钢像个战士一样死得轰轰烈烈。具体的做法就是，像那次比武一样，让金钢扑过来，然后一枪毙命。他能为金钢做的，是把这枪打准，让它毫无痛苦。这事不能在礁盘上完成，礁上有两个救生筏，他和刘岩各划一条，刘岩带着金钢，到远处海面，让金钢从刘岩那边跳过来，半空中，钟金泽开枪。

听了这个方案，大家都沉默了。死一样地寂静。

终于，刘岩打破了沉默，提出趁着台风还没到，给自己一条筏子，他带着金钢划到西沙去。在西沙，他们都受过训练，从一个小岛漂流到另一个小岛。

钟金泽想，从南沙到西沙，和在西沙各小岛之间漂流能是一回事吗？前者的距离至少是后者的四五倍，怎么漂过去？而且现在台风就要来了……这时，他脑中电光一闪：台风！

这次台风的前奏是寒流，这几天空气变冷就是迹象。大海的海流是由冷往热流的，这次寒流从正南边的印尼过来，朝北直奔大陆。“能不能让金钢顺着海流独自漂流到西沙？”他这么一说，几个“老南沙”马上明白了，特别是海洋大学毕业的水文员，马上运算起来。不一会儿，方案出来了。

后天凌晨四点，寒流到礁盘，形成的海流向北，这时金钢乘上救生筏起航，随海流向北漂流。金钢在南沙海面向北漂流两天两夜，预计能走“两沙”海域航程的三分之二，第三天台风追过去，金钢乘坐的筏子已接近西沙海域。台风在南沙、西沙海域的交界处向东拐，尾巴要扫到救生筏，风浪就猛烈了，但风浪期也就是五六个小时，只要金钢能挺过去，再漂流十几个小时就到了西沙海域。

钟金泽马上让人查西沙海域预报，得知这两天西沙有大风浪，两天后气候能正常一周左右。而南沙这边，第二轮台风要五天后才到，这样，金钢可以在西沙海面漂浮五天。听了这个分析，大家很振奋。水文员还说，他连夜做了一个土定位仪。当场他画了个漂流航线图，除了第三天台风追上筏子，筏子东移二三十海里，总体是一路向北。

上级立即同意了这个方案：让金钢独自漂流。上级还说，把救生筏的标志弄明显一点儿，三天后，西沙那边舰艇、渔船都会加强搜救，气象如果允许，直升机也可以帮助寻找定位。听到这个消息，在场的官兵都流下了眼泪。现在的关键是，金钢醒来后能否恢复正常？

刘岩坚决要求和金钢一起漂流，钟金泽说："要是能去，我还不自己去？不要给金钢添乱了。"刘岩也明白，等到台风追过去的那几小时，筏子各种情况都会遇到，金钢要尽全力面对。甚至筏子被巨浪掀翻，它也要死死咬住不离开。等风浪过去，它会在海上把筏子翻过来，这时有人在，反而更麻烦。

七

熄灯前，有人提出是不是把金钢捆住，怕它麻醉过后醒来还是无法恢复正常。钟金泽没有同意。他不能忍受这样对待金钢。他决定，晚上由他来陪着金钢，等它醒来。医生说，药性明早四五点才会减退，半夜里过来也不晚。钟金泽说，他还是一直守着吧，人和动物用药剂量不一样，万一它早醒呢？其实，他坚信，醒来的金钢肯定是正常的。他需要的是静静地和金钢在一起待一晚上。

天上海面两轮明月，好大好大。钟金泽坐在金钢身边，半倚着礁堡，手搭在金钢的身上，他能清晰地感受到金钢的呼吸、金钢的心跳。这次漂流，他和战士们说得很简单，其实很凶险。万一金钢不能挺过台风中的巨浪，它会像一名战士一样在搏击中牺牲。

半夜里，指导员要来替换他，他谢绝了。万一金钢有事，只有他能对付。指导员虽然也是特种兵出身，身手了得，但没有驯犬经验。等到后半夜，刘岩来了，坚持要陪陪金钢。

今天的夜空特别亮，如果不是满天满海的繁星，他简直怀疑是在白天，明月就是太阳。因为在白天他戴着太阳镜，看到的天空就是这样。看样子，明天不会太凉……

忽然，他看到金钢纵身一跃，跳进了大海。他赶紧追过去，见金钢已骑到了一条鲨鱼的背上，劈波远去。他慌了，大喊："不行，得向北方！金钢，金钢……"猛地惊醒，原来自己不知什么时候迷糊睡着了。刘岩和哨兵都站在他的身边，而金钢正用舌头舔着他的耳根。他忽地一下起来，把金钢抱住，从金钢含泪的带有歉意的眼睛中，他知道金钢清醒了。

钟金泽深情地抚摸了一下金钢的脑袋，金钢却一个激灵，接下来的眼神让他心颤。那是一种惊恐。昨天他制服金钢的时候，金钢也是这种眼神。这时，金钢露出了一种奇怪的他从未看到过的表情，是委屈？是难过？还是讨好？难道第六感觉告诉它，自己差点儿被击毙，而要开枪的，就是他钟金泽？此刻，钟金泽已没有勇气看向金钢的眼睛。

战士们都到了平台，他看了一下表。哦，该升旗了。升旗时间是太阳升起的时间。南沙的纬度在祖国的最南端，而这个礁盘，经度和北京相当。所以战士们常说，他们天天参加天安门广场的升旗。今天，除了机房值班的，所有人都参加了升旗仪式。钟金泽破例让金钢站在他的前面，离国旗最近的地方。

钟金泽仰望和太阳一道升起的国旗，认出是昨天下午凝望了好久的那面，心里一动。在队部，有几十面崭新的国旗，还有六面换下来的国旗。这些国旗飘扬的时间，多的二十多天，少的也有几天。一直被紫外线照射的，红色变淡；雨打日晒的，颜色就不均匀了；也有经历狂风巨浪的，旗面会有破损。每一面国旗，在钟金泽眼里就是一个故事，都有一种沧桑的壮美。每一个守礁士兵回大陆时，都会得到一面换下来的国旗。上次守礁六个月，钟金泽从中挑出了一起经历台风的那面国旗。

早饭后，他把金钢领到救生筏前，开始布置任务。

金钢很快明白是怎么回事了，它沉默了一会儿，轻轻地用脸靠近钟金泽的腿，无声地接受了指令。钟金泽突然意识到，也许这是金钢最后一次接受他的命令。回想起这么多年一次次给它下达命令，金钢总是这么无条件地接受。

接下来，钟金泽和刘岩立即带着金钢到筏子上，开始复习漂流中的各种训练科目，包括筏子被巨浪打翻后怎么从筏子底部逃生等。金钢都熟练地完成了。

傍晚，为了让金钢好好休息、积聚体能，钟金泽给它吃了两片安眠药。

八

“三点五十五了！”刘岩提醒钟金泽。钟金泽回过神来，看了下表，告诉自己：金钢漂流出发的时间到了。橡皮筏子上，老兵按天数用绳子系好了一包包食品和软包装的饮料、淡水。绳子很牢，即使浪把筏子打翻，食品也不会丢失。用前爪配合牙齿解开绳结，是金钢干了很多年的老把式了。刘岩终于叫醒了金钢，他真不忍心。昨天的安眠药，让它睡了个好觉。

一片乌云突然从西边过来，渐渐地遮住了半边星空，也遮住了半个海面。下雨了，和自己膝盖预测的一样，是毛毛细雨，这小雨要持续两天，像是暴风雨的前兆。但对于金钢来说，在这炎热的南海海面，小雨就是甘霖。钟金泽觉得这是个好兆头，对刘岩说：“送行吧。”

刘岩叫了声“金钢”，金钢晃了晃脑袋，知道自己该走了。作为饯行，刘岩拿出一个食品包，金钢熟练地打开，几分钟就把它们消灭了，而后精神抖擞地站起身、扬起头，面朝大海。

橡皮筏子已在水中，金钢跳了上去。刘岩解开缆绳。

“等一下！”身后传来一声叫喊，一听就是小周。

不知什么时候，所有的战士都站在了钟金泽身后。

“金钢！”小周顺着台阶，冲到小码头上。金钢也回过身去，跳上了码头，和小周紧紧拥抱起来。

“金钢，记住，你给我好好地漂流，退伍了咱们在一起做邻居。”小周哽咽着说。

时间不等人。钟金泽假装没事人一样走下去，大声说：“有什么大不了的，不就是漂流一回，还能难倒咱金钢？过了台风期，还能见面。”他的声音很轻松，像是在安慰小周，其实他是在安慰自己。

像预测的那样，海流跟着寒流准时来了。黑色的筏子一下漂了出去，五米、十米、二十米，几分钟后已到了百米之外。“是向北！是向北！”大家都欢呼起来。

一片更大的乌云过来，遮住了整个天空，海面也失去了光亮。救生筏看不见了，十二名官兵依然站着，一动不动地目送。凉凉的细雨拂打着他们的脸庞。

不知过了多久，钟金泽轻声说："回去休息吧。"部队没有动，他又大声说了一句："解散！"

部队还是没有动，一名战士捧出一面国旗说："礁长，升旗的时间到了。"还是这面国旗。钟金泽马上说："换一面新国旗。"他把战士手里的国旗接过、收好。这一面国旗，钟金泽是为金钢保存的，他坚信金钢能经得起风浪，更能完成漂流。风湿的腿告诉钟金泽，自己的岛礁生涯不会太久了。他会请求上级让他去管理那些退役的老军犬。军犬的寿命也就十五六年，在离开部队以前，他要把那些同时期守卫海疆的军犬一个个送走。

金钢再过两年也该退役了，那时他们又能在一起了。这面国旗，会帮助他和金钢一道回忆在南沙的日子。

忽然，钟金泽的心头一紧：在礁盘的边际泛起了一道道白线，凭经验，白线的距离告诉他浪高在八十厘米左右。浪突然来了，金钢的漂流将加快，而风浪还会不会加大呢？

钟金泽久久伫立在平台上，透过蒙蒙的细雨，牢牢盯着礁盘那边一道追着一道的白浪……

远 航

西昌舰要走了，是最后一次远航。

舰长肖海波下达启航命令时，眼睛像是飞进了小虫子，眨巴了好几下。细心的副舰长发现了，明白那是怎么回事，于是自己的眼圈也红了起来。

西昌舰悄悄地驶离了海军博物馆的码头，它走得很沉重，似乎满腹心事。在舰桥上的肖海波看了看手表，已是深夜两点，他朝左前方张望了一下，整个城市都熟睡了，父亲这时候真的已经睡着了吗？会不会从梦中惊醒？

父亲叫肖远，今年七十多岁了，是西昌舰的第一任舰长。

三十多年前，国产的西昌号驱逐舰刚刚服役下水，就参加了那一场著名的海战。激战中一颗炸弹在后甲板爆炸，不知震坏了机舱的哪块部件，引起高压锅炉管道着火和严重泄漏。当时情况很危急，一旦高压锅炉爆炸，西昌舰只有沉没。根据险情，剩下的时间只有九分钟，机电部门一片紧张和慌乱。要命的是能够处置这种情况的两位老水兵却是海战中的新手，他们更知道形势的危急，一时都蒙了。一个由于过度紧张，双手不停地发抖，工具都掉到地上；另一个脸色苍白，满头大汗，手里捏着工具在原地转圈。边上的人急得不知怎么办才好，甚至有人提出赶快弃舰。这时，舰长肖远从舰桥冲到机舱，抓住两人的衣领，一人一个耳光，而后说："有我在这儿，不要急，慢慢弄。"还真怪，两个水兵很快就镇静了，熟练地开始抢修。突然，舱面又传来一阵爆炸声，头顶上的一根横梁朝两个水兵砸了下来。肖远冲过去，用身体挡住了。西昌舰得救了，肖远在医院躺了三个多月。以后的日子，无论他担任支队长，还是舰队司令，只要西昌舰一起航，肖远受伤的腰部就会隐隐作痛。

昨天上午，在海军博物馆隆重举行了西昌舰退役仪式。选定这个日子也是因为肖远，他在舰队医院已经住了一年多了，记不清多少次的化疗和放疗，已经让他铁塔一样的身子虚弱不堪。本来，医院坚决不同意他再走出病房，但是，海军和舰队的首长经过认真研究，觉得这个仪式必须有肖远参加，并要求卫生部门拿出保障办法。经过气象部门的预测，昨天的海边无风，温度达到二十八度，是三月份以来唯一的好天气，天气条件终于符合医院提出的要求。

肖远从救护车上下来时，身穿已脱下九年的海军中将军装，一帮医护人员带着各种抢救设备，用轮椅把他推上了甲板。西昌舰的每一任舰长跟在他的身后，依次走上军舰。现任舰队司令宣布西昌舰退役命令后，肖远缓缓地站立起来，给后任的八位西昌舰长点名。而后，他用沙哑的嗓子慢慢地说了起来，讲得很平静，他只是详细地讲西昌舰的年龄、吨位、各个部位的尺寸，以及西昌舰执行的每一次任务和受过的伤。排在最后的肖海波看到身边的几位老舰长泪流满面。这么多年，父亲从来没有表达过他对西昌舰的特殊情感，他不明白父亲在和军舰做最后告别时，为什么依然没有表达，甚至也没有评价西昌舰。原以为父亲会流泪，但是没有。他命令自己也别流泪，但眼前还是模糊了……

不到半个小时的讲述，肖远喘着气停顿了十多次，护士用手绢不停地擦拭他额头上的虚汗。临下舰时，肖远摸着舰首的主炮喃喃地说：“再见了，老伙计，我们都退了……等我出院了再来看你。”但边上的肖海波知道父亲不可能再看到这个军舰了，父亲的病情他很清楚，不可能再出医院了。正因为这样，大家才告诉他西昌舰要永远待在这个博物馆。父亲更不可能知道，这艘军舰马上要离开博物馆，去执行它最后一次任务。

肖海波已经被任命为新的西昌舰舰长，这是国产最新型导弹驱逐舰。新舰已经下水，最后一次试验成功后，就要服役。这个试验就是要验证舰上新型导弹的打击能力，如果仅用一枚导弹能击沉一艘驱逐舰，新西昌舰就合格了。而老西昌舰就是这次试验的靶舰。肖海波面临的就是，他只有亲手击沉老舰，才能驾驶新舰进入人民海军的序列。

肖海波当然知道，过去，老西昌舰只要一起航，父亲的腰部就会疼，所以担心老西昌舰离开博物馆无法瞒住父亲。为这件事，他专门与他父亲的主治医生商量多次，医生们研究了半天拍着胸脯说保证没有问题，因为首长的癌症已到晚期，浑身都在剧痛，每天晚上需要注射进口镇痛剂才能入眠。他腰部原来的隐隐作痛和现在的病痛相比，可以忽略不计，自然也不会再察觉了。肖海波还是不放心，为了万无一失，上级批准西昌舰选定在凌晨出发，这时候父亲已经在药物的作用下进入深睡眠了。

西昌舰缓缓地沿着海湾航行，除了左边远处海岸边偶尔冒出的点点渔火和航标灯，剩下的都是漆黑一片，大海也仿佛睡着了。负责夜间值班的副舰长劝肖海波抓紧回自己的舱室休息，因为明天下午到了目的地，还要指挥新西昌舰参加重要的试验。

肖海波回到舰长室，躺在铺上，刚睡着没几分钟，就莫名其妙地惊醒。这是以前从没有过的，他觉得有什么不对，赶紧起身穿衣奔向舰桥，问正在指挥驾驶的副舰长有没有异常情况。副舰长让他问愣了，说一切都很正常。肖海波看看确实没有什么事，但就是不想离开舰桥。他找了个理由，笑着对副舰长说："新西昌舰靠电子信息系统指挥，指挥室在舰艇中心舱里，外面什么情况都在屏幕上一目了然，上舰桥来的机会也不多了，我就在这儿再待一会儿。"刚说完，信号兵报告左侧海岸边山头有信号。

副舰长说："是不是睡迷糊了，这个山头上没有信号灯塔。"

肖海波也知道信号兵肯定弄错了，这段航道他太熟悉了，左边山头是……忽然他身子一激灵，跳了起来，赶紧拿起望远镜朝山顶看去，马上呆住了。

山顶上有一个小亭子，亭子里有几个人，父亲肖远坐在轮椅上，正用手电朝军舰发着信号，反复只有两个字：去哪？

肖海波知道舰队医院就在山那边，医院离这个山脚有几公里，这倒并不要紧，因为有公路。问题是山脚到山顶的石阶路有一公里多，父亲是怎么上去的？无论是抬、背，医护人员固然辛苦，而父亲的病躯又要承受多大的痛苦和危险呢？更不用说现在夜里海风很大，很冷。这一切他没法儿细想，因为父亲的信号还在问他，他必须赶快回答。

父亲果然没有被瞒住，进口的镇痛药能镇住癌症病痛，却无法割断他对西昌舰的牵挂。肖海波觉得关于西昌舰的一切，他是无法隐瞒父亲的，现在他只能将全部真实情况告诉父亲。但是他遇到一个技术难题。因为这次导弹试验密级很高，信号灯的语言是全世界统一的，如果现在用信号灯告诉父亲，那就会严重泄密，怎么办？

他想起了自己小时候，常常和一帮小伙伴们光着屁股趴在沙滩上，等待着父亲们出海归来。那时，国产驱逐舰还没下水，父亲还是快艇艇长。记得有一次，因为小伙伴的父亲没有回来，父亲对那小伙伴说：“你爸爸远航去了，去了很远很远的地方。”多年以后，肖海波才知道那个叔叔在战斗中牺牲了。他马上对信号兵说回信：军舰要去远航，要去很远很远的地方。

父亲似乎明白了什么，但依然不死心，又问：远航？

肖海波回答：是的，就像我小时候那个叔叔远航一样。

父亲那边又问：为什么？真是最后一次了吗？

肖海波回答：是最后一次，也是第一次。

父亲那边停了一会儿，又问：第一次什么时候？

肖海波回答：很快，但是军舰变年轻了，就像您当年第一次见它一样年轻。

父亲好一会儿没有回信，军舰快要驶远了，肖海波命令放慢航速再等待一会儿，终于父亲回信：我真羡慕它，能在轰轰烈烈中远航。

军舰渐渐远去，山上再也没有信号发出，肖海波这才发现自己刚刚读懂父亲。这时，他在望远镜里惊讶地看到，父亲的眼角闪着亮光。这是他第一次看到父亲流泪。

一个月后，按照肖远的遗嘱，在我国最新型的导弹驱逐舰——西昌舰上，为这位老舰长举行了海葬仪式。

彼 岸

要说这龙凤岛上的居民，海虎是老资格了。

海虎是一条军犬，纯种的德国黑背。打从海军陆战队驻守龙凤岛以来，海虎就一直住在这里。兵换了一茬又一茬，海虎总是站在码头热泪盈眶地看着它那些身穿海洋迷彩服的伙伴消失在海天相连的地方，又含情脉脉地迎来新的伙伴。

一晃十年过去了，海虎老了。

驯犬员王海生是七年前上岛的。前任把海虎交给海生时，他还是个新兵，如今已是三期士官。在岛上论资格，海生仅次于海虎。别看现在在礁盘上巡逻，是海生牵着海虎，海生刚上岛的头一年，上礁盘都得要海虎带着。这龙凤岛在南中国海的南端，方圆大小不会超过两个足球场，四周都是白花花一片珊瑚礁。那礁石像花一样绽放在海面，可每个“礁石花”之间的缝隙多是几十米深的海沟，谁要是一失足掉进去，出来的可能性几乎没有。特别在涨潮时，不少珊瑚礁在水下，巡逻走上去，哪儿能不能落脚，哪儿要避开，一般士兵不摸个一年半载是不会清楚的。在这种情况下，都是要靠海虎来当向导的。

海虎退休的命令是由一艘地方的水船带上岛的。一同上岛的还有一条军犬训练基地毕业的年轻黑背，名叫金钢。海生虽然心里有准备，但没想到上级的动作这么快。他赶紧找到守备队长，要求马上请示上级，把海虎再留下来一段时间，就当是超期服役。

队长是去年刚从军校毕业后上岛的，年龄比海生还小两岁，对老同志海生的意见自然不好当面否决，就劝他：“老王，我知道你和海虎感情很深，要不战友们怎么都把你们俩叫兄弟？”

海生不否认他和海虎的兄弟关系。海虎原来叫“大宝”，听起来像一个化妆品。正因为战友们这么说，海生索性把海虎改名叫王海虎，和自己一个系列。

队长装模作样地叹口气：“谁都讲感情。可你想过没有，就算这狗，哦，是王海虎同志，和你一样真是个人，人也要退休的呀。你放心，我问过了，海虎退休回大陆后，就进入军犬休养队，有人伺候着它，何苦让它在这儿吃这么大的苦。这也叫老有所乐，老有所养嘛。”

其实这些，海生都知道，他想了想说：“我感情上不想让海虎走是一方面，主要还是咱龙凤岛现在离不开它。”

队长一愣，马上笑着说：“扯淡。金钢不是上来了吗？再说了，真没有军犬，咱海军陆战队就守不了这么个小岛了？”

海生说：“队长，你看咱们上岛的队员，现在基本上是一年一轮换，连几任队长也是两三年就高升走了，所以，你也快升了。”

队长笑着揍了他一拳：“哄我有意思吗？尽拍不花本钱的马屁。”

海生一脸认真地说：“我听我师傅说，海虎刚到龙凤岛也是两眼一抹黑，有两次上礁盘也是差一点儿掉到沟缝里，一年半以后，它才完全熟悉地形。你说，要是我这兄弟一走，这礁盘上巡逻的安全可要伤你脑筋了。你别看着我，我是指望不上的。大家说我是‘活礁盘’，那才扯淡呢，没有海虎，我可不敢上礁盘。”

队长看海生不像是自我贬低的样子，还真有点儿疑惑了。忽然，他想起了什么：“好你个王海生，差点儿让你糊弄住了，前几天你这弟弟居然爬到我的床上，你说它老了，眼睛花了。咱们陆战队巡逻还非得让一条老花眼的军犬领着？”

这回海生心虚了，这狗确实眼睛有些老花了，其实他也早知道，队长只是刚发现罢了。不过，他有招儿，回头叫了一声：“王海虎同志。”海虎马上跑了过来。海生说:“快去把视力表拿来。”海虎一溜烟儿不见了，不一会儿，叼来一张大家常见的视力表。不过，这视力表一看就是海生用钢笔描出来的，上面的“E”都长得不太周正。他打开一个小木箱，笑着对队长说:“这也是水船刚带上来的。”说着，掏出一大把眼镜，有十多副。

“你这是干什么？”队长纳闷了。

海生把视力表用饭粒粘在椰子树上，让海虎在五米远处坐好。他拿起一副眼镜，用橡皮筋给海虎戴上，像模像样地测起视力来了。

战友们都觉得好玩儿，围过来看怎样给狗测视力，都说海生这么闹着玩儿太有创意了。

没想到，海生让海虎测视力的效果很好，这小子肯定让海虎对着视力表训练好长时间了。海虎戴上老花镜，像模像样地伸起右前爪上下左右地挥舞，等换到第五副眼镜时，它的视力达到了一点五。

“好了，你不当飞行员，这二点零就不指望了。”海生拍了拍海虎脑袋怄人地说，转身问队长，“怎么样，你还能说它视力不行吗?这叫老狗伏枥，志在海疆;海虎暮年，壮心不已。”

队长又好气又好笑，但是完全被海生这番真情和心血感动，他不声不响去了趟队部，回来后对海生说:“请示了一下，就让海虎在岛上再待一阵吧。我汇报了它的作用，让它带带金钢。”

海生惊喜地抱起海虎："快亲队长一下。"

海虎似乎也明白了，还真张开了嘴，友好地露出白森森的牙齿。队长闪身连连摇手："好好好，心领了心领了。"转身去忙他的去了。水船上的船员看到岛上这条戴着老花眼镜的军犬，都感到新奇，围过来和它合影留念。

于是，礁盘上经常看到海虎领着金钢在熟悉地形。

水船走了没两个礼拜就出事了，还真亏得海虎。

是菲律宾来的三号台风。台风来的时候，巨浪滔天，大雨瓢泼。海虎测视力的那棵椰子树，本一头"秀发"随风飞舞，一下就成了"板寸"。战士们防台风都有经验，躲在钢筋水泥碉堡里没有出来。

事情出在台风刚走。防台风时两边窗户都要打开，风带着雨从这边进去再从那边出来，自然就有一些雨点落到桌子上，值班室的值班日志本放在抽屉里让渗进的雨水淋湿了。通信员见台风走了，雨也停了，火辣辣的太阳又出来了，赶紧把值班日志本放在窗台上晒干。没想到，忽然来了一阵怪风，把本子吹跑了。这风来得很不地道，一点儿征兆也没有，更不用说预报。这是南中国海上自生自长的土台风，常常跟在洋台风屁股后面来"偷鸡摸狗"。小通信员没经验，一下子中了招。

那值班日志本像个方轮胎朝海边滚去，等几个战士追到海边，值班日志本已到了海里。情况非常紧急，要知道不少国家的侦察船只经常在这片海域出没，这块“肥肉”要是真落到他们手里，麻烦就大了。因为这时涨潮，太危险，没法行走，也没法游，战士们无法下水。就在这时，海虎一下子扑向海面，它优美地扭动着身子，熟练地在水面上跳跃，每一次都准确地踩上水下的礁石，不一会儿，就一口叼住那日志本，在大家的欢呼声中返回。突然，一个大浪打了过去。等它再从浪里出来时，行动有些迟缓。海生知道是海水把海虎的老花眼镜打模糊了，心一下子提了起来。但海虎没有让大家失望，它叼着值班日志本，凭着自己的感觉，又跳跃起来，很快回到了岸上。队长从它口里取出值班日志本时，激动而又深情地抱着它亲了一下。

第二天早上，海生发现海虎走路右后腿有些瘸，一看，居然右腿根部有个一寸左右的口子，而且红肿了。海生急了，要知道，虽然现在是初春，可岛上的温度却有四十多度，要是伤口处理不好，海虎很危险。他赶紧从卫生员那里要来碘酒和消炎药，搬来一把椅子，让海虎坐上去，命令它抬起前爪直立起来，而后，用药棉蘸上碘酒为海虎消毒。

当碘酒涂上伤口时，海虎一阵惨叫，它的伤口部位被碘酒刺疼。慌乱中，海虎用前爪把海生推开，刚好抓到海生额头，划去了一块皮。不一会儿，鲜血顺着海生鼻梁流了下来。海生捂着额头朝门外跑了几步，又回过头来用另一只手拍拍吓呆了的海虎："没事，没事。"

因为岛上没有狂犬疫苗，因为海生受伤的是头部三角危险区，因为海岛到大陆有两天两夜的航程，上级很快派直升机把海生接走了。

海生一走，海虎开始不吃不喝了。

开始，大家也没太在意，觉得只是一时的意气，虽然它知道自己误伤了海生而后悔，虽然它想念海生，但毕竟是狗，肚子饿了吃东西是本能，饿极了还能不吃?

这样到第三天，大家知道了问题的严重性。队长让大家想办法，海生的战友们各自拿出自己珍藏的宝贝，有排骨罐头，有牛肉罐头，还有红烧肉罐头，一共十几种，放在海虎面前。任凭香味环绕，海虎的鼻子居然没有丝毫反应，更不用说吃了。到天黑时，由于天气太热，这些罐头只好让金钢当自助餐了。

从军用长途电话里得知海虎已饿了三天，海生在医院里急得脸都白了，赶紧找到医生，要求出院。医生训了他一顿："你没拆线就想着出去，再说还有一针狂犬疫苗没有打，你不要命了！上级批准用直升机接你来医院，你以为是闹着玩儿的？"

他只好偷偷溜到码头，到处打听有没有到龙凤岛的船只，一连三天，都没找到。他急得真想跳进海里游回去。第三天晚上，总算找到一只去金沙岛的水船。海生苦苦哀求，终于把船老大打动，同意多绕半天航程，把海生送到龙凤岛。

那两天的航程，对海生来说，是两周，两个月，乃至两年，漫长而又焦虑。等两天后水船靠上龙凤岛码头，没等跳板摆好，海生就飞一样奔向海虎的住处。

犬舍里，队长和几个战士正在摇着一动不动的海虎，队长用手在试它的鼻孔。海生心里一阵激荡，全身都凉了，冲过去扒开他们，大叫："海虎！海虎！"

忽然，海虎缓缓睁开了眼睛，耳朵也慢慢竖了起来，它看到海生，眼珠子顿时闪亮起来。海虎抬起身，居然，吃力地挣扎着站起来了。它没有停止，继续吃力地把自己的两条前腿抬起来张开，像人一样直立起来，一头扑在了海生的怀里。

海生紧紧地抱住它，眼泪止不住掉下来。他喃喃地说："好海虎，想死我了，快吃东西吧……"忽然，他停住了，感到海虎全身重量都压了过来，两只手没抱住，海虎整个身躯像泰山一样塌了下去。

长 波

如果你走进海湾里那座长波台，就会被那一座座高耸的天线震撼。每座天线有一百多米高，战士们每个月都要爬到天线顶做维护工作。更多的工作是看不到的，全在山洞里面，据说山洞里的机房比一个电影院还大。潜艇在水下远航时，只有长波台发出的电波才能传到千里之外，再进入海底。指挥部也只有通过长波台指挥远航的潜艇。

在这里，有一件怪事，常常会听到官兵之间问候时说的不是“你吃了吗”，而是“照了吗”。照什么呢？一问，说是“照镜子”；再细问，才知道他们说的“镜子”是一个人，这个人或者说这个

“镜子”，现在长波台的官兵还都没有见过。

他姓霍，是建设长波台时的总指挥，大家都叫他霍总。

那是二十世纪六十年代初，长波台刚要开工建设，援建的苏联专家到这片海滩打个卯竟撤走回国了，大大小小一千七百多箱设备零件就堆在工地上。

之前，刚组建的人民海军的潜艇依靠苏联的长波台，所以说，长波台的建立，关系到中国的主权。到现在这个份儿上，不管多艰难，中国人也要把自己的长波台建起来。海军迅速抽调力量组建了一个指挥部。一时，荒凉的海滩热闹起来，除了两个工兵团，还来了大批的知识分子，都是全海军挑出的宝贝疙瘩。别看住着工棚，随便抓一个，不是清华、北大，就是哈军工、西军电的毕业生，手气好时还能碰上个刚刚留苏回来的博士。只是当时大家奇怪的是，上级派来的一把手霍总却是一位在长征路上才开始识字的大老粗。

霍总在战争年代的传奇故事很多，如过草地时，他七天七夜不吃饭，居然没有饿得晕倒，出了草地，还能马上投入战斗，空腹空手夺来两支步枪；再比如，百团大战中，他能单身爬入炮楼，用一颗土制手榴弹让七个鬼子都举了双手；还有一些可能是传神了，说“泸定桥十八勇士”中有他，太行山用步枪打下日本飞机的也是他。不管怎么说，说明无论普通战士，还是知识分子，对老革命的尊重和对英雄的崇拜都是毫无疑问的。

刚来那几天，几乎所有的人都仰视着霍总，他在指挥部的地位也无人可比。有一件小事可以为证，那时条件差，全指挥部的小车只有一辆，是苏联的“嘎斯”[①]小吉普。霍总左腿上留着弹片，在方圆十几公里的海滩转悠全靠着这辆吉普。他不坐的时候，那辆车就停着，没有规定别人不能坐那辆车，也没有人会想起去坐那辆车。

但是越来越多的人发现了霍总的文化水平。最明显的标志是他经常说错字，如果说把“造诣”说成了“造脂”还可以理解的话，那么在一次交班会上把“注意灼伤”说成“注意约伤”，在场的人只有面面相觑了。知识分子的嘴巴比一般的军人要活跃，渐渐议论就多了。霍总这样的文化水平能不能当好这个总指挥，确实叫好多人捏把汗，毕竟这个工程的科技含量太高，而且是那么重要。

开工誓师大会是在海边的一片沙滩上举行的，主席台也就是架起的几块木板。系在两根木杆上的会标，让海风吹得猎猎作响，两千多名官兵都坐着小马扎，黑压压的一片。大会开始前，全场起立，唱起了《义勇军进行曲》，当时，大家唱得都很豪迈，也很激动。指挥部参谋长宣布开会后，霍总开始讲话。他一张嘴，就

---

① 嘎斯：对前苏联高尔基汽车厂生产的汽车的称呼。

让全场振奋起来。

他说:“同志们，你们知道这个工程是谁批准的吗?！”台下一片寂静，大多数人都张大嘴巴等待结果。

他顿了一下，抬高嗓门说:“是伟大领袖毛主席亲自批准的！”

顿时台下的人都挺身坐得笔直，好像长高了一截。

他又说:“现在苏联人拿我们一把，只有靠我们自己了。如果我们完不成任务，毛主席就会睡不着觉。我们能让毛主席睡不着觉吗?”说着站起来用右臂猛地一挥。

台下传来了雷鸣般的吼声:“不能！”

一时间，整个海滩让一股豪迈之气震撼，仿佛潮水也退了一大截。这时，霍总又是人们传说中的霍总了。他喝口水，坐下来，拿出准备好的稿子，开始部署任务。

麻烦来了。

他刚念到第二节，就出了个错字。当时全场还沉浸在豪迈的气氛里，没有什么反应。等他念到那些专业名词时，那些知识分子竖起耳朵、拿着笔记本用心记录时，出错的频率一下子增多了，有时一句话中会念错两三个字。

台下出现了嗡嗡的议论声。霍总自己不知道发生了什么事，疑惑地停下来，看了看台下。由于他的目光，台下暂时又安静了，可他刚开口念了一会儿，又嗡嗡地议论起来。他忽然觉察到什么，右手翻开第一页时，翻了两次才翻过去。但他还是稳得住，清清嗓子又接着念了下去。下面记笔记的由于许多地方听不明白，只好停下手中的笔，一个个满脸迷茫。

突然他再一次念到了“频率”两字，再一次念成了“步卒”，终于有人听明白了，前排有个调皮的开发了艺术细胞，说了句“我们不是步兵是海军”，周边上的几个人忍不住哧哧笑了起来。

霍总自然听到了，脸上再也挂不住了。他是个直性子，突然把手中的稿子朝前面用力一摔，大声说：“写的什么破玩意儿，没法儿念。”

全场惊呆了。

稿子散了一地，让风吹得满地跑。主持会议的参谋长带着几个兵费了好大的劲，才一张张捉了回来。参谋长满头大汗地把稿子理好，用目光请示霍总。这时的霍总喘着粗气谁也不理，用手撑着脑门，满脸涨得通红。参谋长咳嗽了一下，对台下说：“我先做个自我批评。这稿子是我带人准备的，昨天晚上搞得匆忙了些。字体比较潦草，笔误也比较多。霍总年龄大了，眼睛老花，念起来不方便。现在由我来替首长念完。”然后，参谋长就念了起来。

霍总还是保持那个姿势，一直到参谋长念完。

参谋长收起稿子，请示霍总：“是不是散会？”

霍总看了他一眼，突然说：“我说几句，刚才参谋长有几句话讲得不对。”

参谋长一下子紧张了，在场的人也都紧张了。

霍总从参谋长面前把稿子又拿过去，然后面对台下举起来：“哪有什么笔误？哪有什么潦草？大家都看看，这稿子写得很好，字体也很工整。”

参谋长一脸尴尬。

霍总缓了口气：“同样的稿子，为什么我念不下去，而参谋长念得好好的呢？你们说。”

这时候，自然没有人会站起来回答他的这个问题。

他说：“很简单，就因为参谋长上过高中，有文化；而我小学都没上过，没文化。这下好啊，大家都可以看到有文化和没文化的区别了吧。”他停了一下，又说：“在座的，文化程度有高的，也有低的。我想啊，这长波台咱中国人没搞过，文化程度不论高低，都要拿镜子照照自己身上的不足，我就是最好的镜子。为了让苏联人不笑话我们，为了让毛主席能睡得着觉，低的自然要学，高的也要学。从今天开始，我带头学，因为你们的文化都比我高，都是我的老师。”

全场起立，自发响起了雷鸣般的掌声。从此以后，找自身的不足和抓学习成了这支部队的传家宝。一代又一代的人都把这个故事的主人公当作一面镜子。

舱　门

试验进行到四个半月的时候，将军来到了潜艇支队。

这是一次潜艇远航模拟试验，参加试验的官兵都在挑战生理和心理的极限。这艘远航的潜艇其实是一个模拟舱，五十名官兵要在里面待满五个月，所有的事情只能由他们自己处理，哪怕是像阑尾炎这样的简单手术，也要舰艇医生在艇内自己解决。模拟的潜艇并不在海里，是在离海边二十米远的大试验厅内。在已经试验的四个多月里，潜艇遇到了台风引起的涌浪，遇到了不可预测的暗流和礁石，甚至还遇到了敌方的跟踪和攻击，艇长带着大家都闯过来了。

但是，专家组从观察屏幕里看到，艇员们绝大部分时间是在面对寂寞和烦躁。他们还自办了《远航》简报，每期都以电报的方式传出来，最近的一期上居然有这样三篇小文章，是《怀念阳光》《梦中的月亮》和《在一片蓝天下》。专家们非常理解，阳光、月亮和蓝天已离他们非常遥远了。

来的将军是总部首长，这次专门来海军部队调研的。因为首长忙，调研时间只有三天，在支队只停留半天。他的到来，让整个支队乃至舰队、海军都非常重视。因为像总部机关这样级别的首长下来调研，在支队历史上还是第一次。调研要求不要机关的人员陪同，所以机关陪他最大的官就是舰队的作战处长。处长以前是这个支队的参谋长，他悄悄地打了支队长一拳，说："老兄，给你带个话。舰队首长交代，这次调研，潜艇部队就你们一家，你可得给海军露脸。"

将军在码头上一下车，就钻进了一艘新改装的潜艇。在艇员宿舍舱，他拍着狭小的吊床说："潜艇一远航，潜艇兵要在这儿住上几个月，艰苦是难以想象的。"他回头对支队长说，"我是陆军出身，坦克经常坐，头一回钻进潜艇。刚才你还说我个子高大，怕进来难受，劝我不要进来。你看，不进来我能看到这些吗？"

支队长笑笑说："唉！再苦再累，我们这些搞潜艇的都习惯了。"

"你们是习惯了，可是好多人不仅不习惯，还不一定能理解呢。”将军说，“你们知道吗，两年前，全军部队伙食费调整时，有的部门还跟我提出来，说潜艇兵的伙食标准和飞行员的一样，是不是太高了？要有差距。说实话，我当时还真犹豫了一下，想了想还是让他们上潜艇体验了一回出海。他们回来后向我汇报说，潜艇兵确实太艰苦了，那点儿伙食费根本就不高。”

将军说的事情在场人都知道。那回，总部来的几个人听说真能跟潜艇出一次海，而且还能下潜，高兴得够呛。可也就下潜了一个多小时，在海底遇到了小小的涌浪，那几个旱鸭子晕船晕得连胆汁都吐出来了，潜艇只好提前返航。

听支队长把这事又说了一遍，将军点头笑了笑说：“这些他们都回来说了实话，我问他们潜艇兵吐不吐，他们说也吐，不过我们吐完就躺着不能动了，而潜艇兵一边吐，一边还在战位上操作执行任务。多好的伙食吃下去，只要出海遇到风浪，都吐出来了。所以说呀，两年前我就想到潜艇上来看一看。”

大家不知道两年前那次总部机关来调研、出一次海的意义这么重大，更感动于首长对潜艇兵的关心。其实潜艇兵都已经习惯了寂寞，这种寂寞包括远航几个月不出水面，更包括他们的艰苦不为人了解，更不为人理解。飞行员都被称作“天之骄子”，而他们呢，他们自己开玩笑，称自己为“黑鱼”，老在水下钻来钻去的，因为潜艇的形状与黑鱼有点儿像。

将军高大的身躯费劲地爬出潜艇，眯着眼睛看了好一会儿天空，然后上了码头，回头问作战处长：“你们现在最长能在水下远航多久？”

作战处长回答：“全舰队的潜艇最长的一次执行任务是在水下三个月。”

支队长说：“不对，应该说至少四个半月。”

将军一时间没有明白。作战处长明白了，赶紧说：“首长，支队正在进行一次时间为五个月的模拟远航试验，现在已经四个半月了。”说着，指指不远处那个试验大厅。

一行人很快就进了试验大厅。从屏幕上可以看到艇员们在各自的战位上工作，他们丝毫没有也不可能知道舱外有一群人在注视他们。试验专家组组长王教授是海军著名的潜艇医学专家，他用简短通俗的语言汇报了潜艇远航不同阶段对官兵生理和心理的影响，汇报了专家组得出的初步结论，而且简要地介绍了下一步对艇员训练更加科学化、人性化的设想，包括饮食结构和生活习性的培养和转变。

将军听着很新鲜，特别感兴趣。他若有所思地拿起艇员自办的简报翻了起来，碰巧看到上面有一首短诗，题目是《永远的黄桃》，再一看，内容是歌颂黄桃的。

他有些不解，问王教授：“黄桃？这个兵怎么会对黄桃有这么深的感情？还‘永远’？”

王教授还真没法儿回答这个问题。支队长想了想，说：“会不会是这样：我们在远航的时候，主要是吃罐头，罐头有荤有素，还有水果。你要是吃上几个月，那罐头都咽不下去。还真是，我和这个作者一样，比较能接受的还就是黄桃罐头。”说着，脸上竟露出一丝孩子般的笑容。

边上的作战处长竟然也跟着说：“嘿，怪了，我出海时也最爱吃黄桃罐头。”陪同在边上的几个支队领导也都说自己远航时爱吃黄桃罐头，细心的人可以看到他们的喉结都在羞涩地滑动。

王教授一下子像捡了个大宝贝，激动地说：“你看你看，我看到这首诗，就没往这儿想。这可是个新发现，没准儿这黄桃会成为解开潜艇兵远航饮食课题的一把钥匙。”

将军当然非常高兴，想了想，对随行人员说：“计划改变一下，今天晚上我就住在这里，住在这个模拟舱里，和潜艇兵们好好聊聊，今天运气不错，肯定还能摸到不少珍贵的第一手资料。”

大家都慌了神，将军这么大年龄，那么高的个子，要在模拟舱中窝一夜，应该是非常难受的，而且按照训练计划，今晚潜艇要遇到涌浪，模拟舱要晃动起来，将军他能受得了吗？这个责任谁也不敢负。支队长把情况向将军汇报了，坚决要求他不要进舱。

将军笑了笑：“到了舱里，看不到天了，也不怕天塌下来了。

我们总部机关来的那几个人都晕过船，我就不能晕一下？我想进去吃两个黄桃罐头，你们还舍不得吗？”而后他收起笑容，认真地说：“刚才，我想了很多。你们这个试验搞得很好，对广大潜艇兵来说是件大好事。对我来说，对全军来说，意义还不仅仅如此，我们还有不少战士在雪山上一待半年，在无人区一待几个月，还有野外生存的，还有在山洞里待很长时间的，等等。这些官兵的生理和心理，我们都要好好地研究。你们说，我今天碰到这么好的机会，再放弃掉，不是太可惜了吗？”

边上的人听到这些，一时还真不知说什么好，王教授红着脸忽然冒出一句：“首长，你不能进去，不是怕你吃苦，是因为现在潜艇模拟的是水下航行，这种环境下外人是不能进去的，如果舱门打开，就意味这次试验结束。”

将军听了一愣，想了好一会儿，像下了什么决心似的说：“好家伙！你看支队长劝不住我，你想出这么个理由。有那么玄乎吗？你蒙不住我，我今天一定要进去。”

首长说得这么坚决，大家更不好说什么了。于是将军去换作训服，做进舱的准备了。支队长也要去准备，王教授一把拉住，再次强调说：“我必须对试验负责，我是不会打开这个舱门的，你下命令也没用。”

支队长自然明白这些，上个月，海政有个编导从北京来，死缠硬泡要进舱去体验生活，给王教授写了好几首诗，表达他对潜艇兵的真情。王教授感动地和他拥抱之后还是不同意他进舱，气得这位编导满怀遗恨走了（这位编导恨了好长时间，害得他终于弄出了个潜艇小品上了中央电视台的春节晚会）。但支队长还是诚恳地说：“我知道你是在想，我是势利眼，拍上面马屁，以牺牲试验效果来讨好首长。说心里话，开始，我和你的想法是一样的，坚决不能打开舱门，但是现在这个舱门必须打开。总部首长来参加我们这个试验，机会是可遇不可求的。为了总部决策部署好全军其他兄弟单位的试验，我们做出点儿牺牲，是应该的。”

王教授张了张嘴，也就不再说什么了。这时，将军已做好准备过来了，王教授用电报的形式通知艇长：首长要进来，准备开舱。

一分钟后，艇长回电：请下达试验结束命令，否则不能开舱。

支队长急了，又电：是总部首长，上将。我命令你开舱。

艇长很快回电：我现在执行试验命令，任何违反试验规则的命令都是错误的命令，我拒绝执行。

支队长一下子不知道怎么办才好。等在舱门口的将军说：“发电，立即打开舱门，如不执行命令，解除艇长职务。”

没想到，刚才和蔼可亲的将军一下子变了脸，而且这么严厉，在场的人都吃了一惊。支队长更加紧张了：“赶紧按首长指示发报。”而后，他对将军说：“这个艇长非常优秀，舰队已经上报提拔了。”显然他是怕这个事情影响到艇长的进步。

偏偏这时候，艇长回电：我必须遵守试验纪律，没有试验停止的命令，我不会开舱。试验结束后，我愿意接受任何处理。

支队长急得直冒汗，抓着头皮无奈地说了一句：“下达试验结束命令吧。”

这时，将军说：“停止下达命令。”

他笑了，笑得非常灿烂：“试验比我想象的还要成功，我们的潜艇兵比我想象的还要勇敢，还要优秀！我刚才是给他们出了个难题，我还真替他们捏把汗，真担心把他们难倒了。这样吧，我有个愿望，试验结束那一天，我还来，进舱内吃黄桃罐头。”

舰 桥

肆虐了三天的强台风刚刚过去，留下的台风尾巴还在海面上搅动，东方号导弹驱逐舰接到了紧急出航的命令。舰长江伟看到电报，身体像一下子被掏空了。来电通报：观通团副团长兼银沙岛观通站站长贺毅为抢修航标灯，被大浪卷进琅琊礁石区，请求紧急救援。

军舰马上启航，顶着风浪，用最快的速度驶出了防风锚地。江伟离开舰艇指挥中心，踩着起伏摇晃的甲板冲到舰桥上。舰首不停地被大浪覆盖又冒出，江伟心潮澎湃。不应该啊，贺毅是海上老手了，怎么会在台风中出来抢修航标灯？

第一次见到贺毅是二十世纪八十年代，江伟刚高中毕业考入海军舰艇学院。报到那天，江伟跟着学员队队长走进新生宿舍，一开门就看见有个人在上铺伸出大半个身子，用手拨弄头顶的大吊扇扇叶。队长喝道:“贺毅，你这是在干什么？危险！”贺毅笑着下床:“嘿，我琢磨着，这风扇叶和军舰的螺旋桨旋转有啥不同呢。”说着就接过江伟的行李放到了下铺。

过了几天，队长把江伟叫到队部:“听贺毅说，你也学过美术，就你俩吧，今天抓紧把队里的黑板报弄出来。穿上了新军装，刚入学，也是刚入伍，表表决心，壮壮士气。”

听队长这么说，江伟心里有些不快。他确实自小喜欢画画，还学了好多年，但考上高中后，就把这个特长隐藏起来，怕老师叫他出黑板报，耽误学习，影响高考。昨天，刚换上了新发的军装，全宿舍都特高兴，一个个对着镜子和窗户挤眉弄眼。贺毅最夸张了，拿出了速写本，追着给人画速写，也不管对方愿不愿意。江伟躲不过，也让他画了一张。可能是自己这张脸线条比较规范，特征不明显，画得不怎么像。江伟看了苦笑，忍不住拿过来改了几笔。贺毅睁大了眼睛:“你会画画？”江伟赶紧说:“不会不会，瞎划拉。”

今天早操，队长让会画画的举手。贺毅忽一下举起手来:“我会。"还扭头看看江伟。江伟赶紧躲开目光，装没看见。没想到这小子还真是嘴快，把自己也给拉上了。还是怪自己定力不够，看人家画画就手痒痒。

两人的第一次合作就这么开始了。江伟觉得贺毅爱出风头、爱显摆，有点儿烦他。黑板报报头先是江伟画的，是一个水兵头像，水兵帽后边飞舞着两条飘带。中午吃饭回来，不知道哪个臭小子把飘带改画成了两条辫子，学员们看到了就起哄，说他们想女朋友了，弄得两人都不好意思。贺毅说："算了，咱改画军舰吧。"江伟想想也是，军舰上总不能画辫子吧，不过也有些担心："这军舰咱能画好吧？"

贺毅说："没问题，画军舰我最拿手。你说，驱逐舰、护卫舰、登陆舰、扫雷舰，画哪一样吧？跟你说吧，我从小就喜欢大海、军舰，在中学是航模小组骨干，还参加了省里的航模比赛。我上这舰艇学院，就是向往大海，想着有一天能驾着军舰去远航。"

江伟觉得这贺毅真有意思。谁不是从中学过来的。中学里高考就是指挥棒，吃香的是参加数理化竞赛拿奖的。像航模这种兴趣小组，求他参加还躲不及呢。他就说："当舰长，必须是学航海专业的，这专业现在只在水兵里招，我们这些地方生的专业都是纯技术类，毕业去向是工程师、军代表。要想驾驶军舰，你恐怕够呛吧。"

贺毅边画边说："唉，地方大学可以改专业，不知道我们学院能不能改，看机会吧。"忽然，他用粉笔点了一下黑板："这就是我的目标和梦想。"

江伟已经习惯了他一惊一乍的举动，斜眼看了一下说："这是驾驶舱？"

贺毅说："什么驾驶舱？这叫舰桥！你看你，都当海军了，不能再说外行话了，真是的。"

舰桥和驾驶舱有啥区别吗？江伟懒得和他啰唆。

贺毅还真有点儿神。有一回吹了熄灯号，队长进屋查铺，走到他的铺前吓了一跳，只见一个黑乎乎的人影在上铺床头静静坐着，一动不动，还似乎念念有词。队长怕是梦游什么的，不敢叫他，就把下铺的江伟拉起来，两人在床下等了十多分钟，才见这家伙长叹一声睁开眼睛。队长把他拽到队部一问，他说自己在与飞碟对话。队长一听就火了，说他骗人，把领导当傻瓜，一顿好训。其实，江伟知道贺毅没说假话。近几天这小子在捣鼓一本飞碟杂志，上面有篇文章还让江伟看过，说在深夜间向太空发放意念，会产生特殊电波，能和外星人沟通。江伟当时只是笑了笑，没想到他居然当了真。他想帮着解释几句，又怕说不清楚，只好作罢。

东方号已经驶出海湾，进入了开阔的南中国海。海上巨浪滔天，军舰在涌浪的冲击下左右摇摆，凭感觉江伟知道舰体左右摆幅已超过了三十度，不时地有海水穿过舷窗打进舰桥。江伟知道，像这种海情，一般军舰是不敢轻易出航的。上级派出东方号，就因为这是最新型的国产导弹驱逐舰，有很强的抗风能力。海水打到脸上，他没有躲，也没有擦。身边的操纵兵已经开始晕船，有的吐了好几次，可他们就像吐了口痰似的，抹抹嘴继续操纵。这就是真正的水兵，水兵也不是不晕船，只是晕船时依然会坚守自己的岗位。江伟想起了和贺毅的第一次出海，第一次晕船。

在舰艇学院三个月的新生入伍训练中，安排了十五天的出海，其中有十天遇到了大风浪。全区队二十个新生个个都是旱鸭子，晕船晕得昏天黑地，呕吐得把胆汁都吐了出来。当时黑压压的天空和黑压压的海面，像巨大的山头压在江伟的胸口，仿佛要把他的心脏挤出体外，他体验到了从没有过的痛苦和恐惧。贺毅躺在江伟身边，吐得脸色发黄嘴唇发青，这小子有毛病，居然还用诗一般的语言安慰大家：“航海的机会真难得啊，痛苦是人生最大的财富。”大家要不是躺在舱里浑身发软，没准儿会把他扔到海里去。

那回晕船，个个伤得不轻，每人体重都减了十多斤。上岸几天了，江伟还是晕晕乎乎的，两脚像踩在棉花上，仿佛地球都在摇晃。几顿红烧肉下去，大家脸上刚显现出一点儿红润，队长就把他们全区队二十个人集合起来，宣布了一条重要决定：为了给我国未来新型军舰下水储备人才，提高航海长的文化层次，上级决定，把他们这二十个高考分数最高的地方学员，由计算机专业改为航海专业。

大家都愣住了，一张张脸顿时褪去红润，重返青黄，有好几个张大嘴巴忘了合上。

队长没见到预期的热烈反应，又加重语气提示："没想到吧？这可是天大的好消息，你们可以劈波斩浪，驰骋海洋了，也就意味着将来你们中间要产生舰长、舰队司令、海军司令。"

大家仍然反应冷淡。忽然贺毅大叫一声："太好了，我做梦都盼着改专业，这回终于可以实现自己的梦想了！"马上引来无数道愤怒的目光。

散会后，宿舍里的几个学员把门关上，发起了牢骚。江伟没有吭声，三个月的入伍训练让他明白了自己是个军人，服从命令是没有条件可讲的，但是内心里，改航海专业他是一千个不愿意。在海上航行，别的不说，单晕船就让他心惊肉跳。对大海，他原来是在诗里、画里了解，觉得浪漫壮美，可现在真正领教了它的厉害。如果改了专业，毕业后成天漂在海上，简直是无法想象的。

有个学员说："这明摆着不公平，把我们从技术专业改成了指挥专业。你看人家陆军学院，指挥专业的分数比技术专业的分数低二十几分呢！”另一个说：“是呀，高考二十分是多大的价值，花我老爸五年的工资也买不来，上面说改就改了。”

这话都说到了江伟心里。自己报考军校的理由简单而又现实，就是因为军校不用交学费，吃穿国家全包。他早就想在经济上独立，撇开父母的管教。选中海军舰艇学院，则是因为海军军服潇洒、漂亮，非常符合他的审美口味。计算机专业是舰艇学院录取分数最高的，毕业去向除了留校、进研究所，就是进军工厂当军代表，都不错，可没想到说改就改了。

大家你一句我一句之后，一位同学对江伟和贺毅说：“不能就这样说改就改了。我们应该集体给院长写信，找些理由，说清楚我们不适合这个专业，也不愿意改这个专业。”另一个学员说：“没看队长那口气，好像还是我们捡了个大元宝似的。江伟和贺毅是笔杆子，这信还得你们来写。”

江伟吓了一跳，他当然赞同写这封信，但自己不想出这个头，又找不出推辞的理由。贺毅却态度鲜明：“不行，不行，我不写。我坚决拥护上级这个决定。你们也真傻，能改成航海专业，是盼都盼不来的好运气。你们没听队长说吗，我们将来能当舰长，当舰队司令。我劝你们别做傻事。”说着扭头出门了，气得几个同学眼睛直翻，纷纷骂了起来，好像这回改专业是贺毅给他们改掉的似的。江伟也讨厌贺毅这个劲头，都什么时候了，还说这风凉话。

大家都让江伟赶快动笔。他没法推了，就让大家你一句我一句凑了一封信，写给院长。至于文笔如何，说理怎样，他也没有太动脑子。不过，他也留了个心眼，不想留下自己的笔迹，写的字用了仿宋体。

这信寄出去后，也不知道到了哪里，基本没什么声息。很快，他们改成了航海专业，开始了紧张的学习。此后，贺毅在学员中间显得有些孤立。江伟和他是上下铺，仍然一起出黑板报，却不敢和他搞得太近，以免遭受池鱼之殃。贺毅本人倒好像没觉得什么，学习劲头特别大，成绩还一直在全区队的前面。

到年底，第一个学期快结束了。一天晚饭后，队长找江伟到海边散步，唠了几句家常，突然问："改专业那会儿，有学员给院长写了封信，你知道是谁写的吗？"

江伟吓了一跳，赶紧说："我不知道。"

队长没有看他："当时院长把我一顿好训，我是从舰上破格提拔为这个队长的，院长说他对我抱有很大期望。没想到，我一上任就出了这事。"

江伟心虚地说："院长让查了吗？"

队长摇摇头："没有。院长说你们都是好苗子，是我没摸清下面的思想，工作方式简单，一件好事办成了坏事。"

江伟连连点头："对对对。"

队长掏出一张纸："你看看，这是谁写的。"

江伟伸头一看，脖子马上缩了回来，正是自己亲笔写的那封信，心里怦怦直跳，支支吾吾不吭声。

队长说："你不说就不应该了，你应该是最清楚的。"队长看了他一眼："其实你不说，我也知道。"

江伟脑子一时短路，心想完了，不知道哪个王八蛋把他出卖了。他刚才已经说了不知道，现在争取主动也来不及了，只好坚持到底："真的不知道。"

队长不高兴了，抬高声音："我问过你们宿舍的人，都说是贺毅写的。这回找到信件一看，果然，除了你和他，谁能写出这么漂亮的美术字。"

江伟心里一宽，马上觉得自己这个念头很卑鄙。可要揽到自己身上来，真没那个勇气。他还是嘟囔了一声："没准还有别人会写这种字体……"

队长摆了摆手："不可能，我调查过了，这种字体，能写这么好的，只有你们俩。"

江伟再也不敢说话了。

之后，学习和训练紧张起来，这件事似乎也就过去了。江伟本来很怕航海出海，随着教学训练，一次次出海，也逐渐适应了。

贺毅学习一直不错，总在全区队的前头。在江伟看来，贺毅这个人确实有爱出风头的毛病，但人很真实，绝不像有人说的那样口是心非。所以这事虽然似乎过去了，但江伟心里总有一种摆脱不掉的内疚感。

急促的警报铃声把江伟从往事中惊醒，航海长报告：前方海域出现小规模台风，请示是否改变航线，避开台风中心。江伟马上下令：航向不变，迎风前进。凭经验判断，这种没有预报的台风是南海上常见的土台风，一般跟在强台风后面，规模不大，但由于规律不好掌握，容易产生危害。看来这土台风就是从银沙岛过来的，贺毅肯定是中了它的招。航向不能改变，一是因为救人要紧，不能再增加航程；更重要的是台风是动态的，你顶着它航行，很快就会过去，躲着它，反而被它撵着走。

东方号很快切入台风，舰身摆幅越来越大，凭感觉已经超过了四十度，这种状况，小型军舰是无法承受的。东方号舰桥里的人已经站不稳了，紧紧地把着身边的固定物。江伟身上让打进舷窗的海水浇透了，航海长劝他到军舰心脏部位的指挥中心去。东方号的指挥主要是靠指挥中心，那里有全方位大屏幕的视频，指挥员不用上舰桥。江伟摇摇头，这时不是舰桥需要他，而是他需要舰桥。

外面，一只只海燕在巨浪中间滑翔穿行。风小的时候，这些海燕喜欢一直跟在军舰后面，遇到大风浪它们就特别兴奋。和东海相比，南中国海更加辽阔，风大、浪大、浪高，海情复杂，就连海水的颜色，也蓝得特别凝重、特别苍老，往往航行十几个小时遇不到一块陆地。海燕飞累了，就可以在舰尾栖息；风浪来了，它们又去翱翔搏击。这些海燕在巨浪中划出了一道道黑色弧线，把江伟的心绪又牵到了舰艇学院，牵到了他和贺毅最后两次合作的时候。

毕业出海实习，江伟和队长住在一个舱里，好几次听到队长在嘀咕："你们都快走了，其他队长到三年都提升走了，有的两年就提了，我还是这个样子，唉，都是你们改专业那会儿闹的。"

江伟觉得队长说得也不见得对，但又不好说什么。

毕业分配公布了，全区队二十个人，十五个分到了舰艇上，两个留校，还有三个分到了观通站。

江伟分到了东海，离老家近，气候生活也比较习惯。贺毅的分配却完全出乎他的意料：他去了银沙岛观通站，那是南海上离大陆很远的一个小岛。

散会回到宿舍，没有见到贺毅，找了半天，发现他一人还待在阶梯教室里。江伟走到门口远远地看着他的背影，不知怎么办好。他知道这个分配决定对贺毅意味着什么。倒不是因为银沙岛观通站生活条件艰苦，而是他再也不能上军舰，再也不能实现在海上航行的梦想了。他心里呻吟了一下，鼓起勇气走过去，喊了一声："贺毅。"

贺毅回头看了一下江伟，脑袋上像沾了什么似的甩了甩，笑着站起来："走，咱们把黑板报最后一期毕业专刊出了吧。"

江伟觉得鼻子发酸。

两个人站到了黑板报面前。贺毅问："刊头画什么？"

江伟可不想在这个时候提起什么军舰、航行的，赶紧说："就画海燕吧，大家都要飞向海洋了。"

贺毅："画舰桥吧。"

江伟心里咯噔了一下，啊，舰桥，向往舰桥的贺毅，与舰桥再也无缘了。

贺毅眯起眼睛，像追寻什么记忆似的："我要换个角度，画舰桥的内部，从里往外看，再画上你说的海燕……"

江伟点点头，贺毅开始画了起来。他画着舰桥内的磁罗经，电罗经，操纵盘……看着他认真而又深情的样子，江伟努力不让自己的眼泪流下来。

不等贺毅画完，他找到了队长，请求让自己和贺毅换个岗位。

队长刚刚接到命令，提升为副舰长，正高兴着，听江伟这么一说，像看到外星人似的看他：“你是不是疯了，这工作岗位是开玩笑的？说换就换？这是上级研究决定了的。”

江伟说：“我觉得贺毅比我更适合，他喜欢航海，能干出一番事业。”江伟说的是心里话，他反正也没有在部队长期干的打算。

队长打量着他：“干工作不是凭喜欢，看人也不是凭他嘴上唱高调。谁适合干什么，谁人品怎么样，我这当队长的跟了你们四年，都白吃干饭了？”

江伟说：“我知道你是说当年那个写信的事，这事你冤枉了贺毅，信是我写的！”

队长一愣，叹口气说：“江伟呀江伟，你这个人太善良了，但是原则性太差。分配工作岗位是上级的决定，和写那封信没有关系。再说，去观通站也是非常重要、非常光荣的。这事你不要再提了。”

江伟没法再说下去了。

第二天，他们离开舰艇学院，奔向各自的岗位。

东方号穿过了台风，风浪渐渐小了。前面到了银沙岛海域，江伟的心马上提到了嗓子眼儿，不知道贺毅现在怎么样了。四年前，他第一次在银沙岛见到贺毅之前，心情也是这么紧张和激动，也正是那次见面改变了江伟的人生。

贺毅在南海，江伟在东海，十多年里两人都没有过联系。江伟也到南海海域执行过几次任务，但遇到的同学，也都说同贺毅没有联系。这也难怪，那个岛确实太远了。这些年里，从实习航海长到副航海长，从航海长到副舰长，江伟一路都很顺，工作岗位也都在舰桥里。不过，他的脑海里常常会浮现出贺毅的那双眼睛，特别想知道贺毅的情况。

不久前，他通过全训考核，被任命为导弹驱逐舰副舰长。公布命令后，他认真地思考了好长时间，总感到自己不是当舰长的料。这么多年，虽然海上艰苦，却也适应和习惯了，而且每次业务考核都在前头。可他总觉得，自己也许可以当一个好船长，但作为一名真正的舰长，自己身上似乎还缺某种东西，他找了十多年都没找到的东西。既然没有当好一名舰长的信心，他就不想耽误部队也不想耽误自己，决定当一段时间副舰长后就离开部队。家乡海事局对他的经历和业务水平很感兴趣，他到地方依然可以航海，发展的空间要更大一些。有了这个想法，另一个念头就越来越强烈了：离开部队前去趟银沙岛，看看贺毅。

巧了，没多久，他们舰在南海执行任务时遇到了特大台风，上级命令他们到银沙岛附近抛锚避风。台风过后，江伟建议舰长，军舰靠到银沙岛码头补给淡水。码头上，江伟果然见到了贺毅。

贺毅见到江伟也很是惊喜。两人互相打了一拳，都说对方黑了。可不，十多年了，海风吹、海浪打，原来的小白脸都变成了古铜色，只有牙齿和眼球更白了。江伟心里内疚，问贺毅在岛上怎么样。

贺毅情绪不错："挺好，挺好，我在这儿当站长已经三年了，这三年我们站年年都是全海军的先进。你别看我们这个岛小，可它是你们军舰的眼睛。和你说呀，我现在把它看作南海上一艘永不沉没的战舰。我对我这帮弟兄说，你们天天都在出海，站长也就是你们的舰长。"

江伟心里一阵酸楚，拉着他："走，看看咱们国产的驱逐舰。"

"好呀，好呀！"贺毅跟着江伟上舰。

进了舰桥，环视着里面的各种设备，贺毅一会儿摸摸这里，一会儿敲敲那里，非常感慨："离开学校后就再没进过舰桥了……真好，真好，真为你高兴！"又拍拍舰长椅："咱们同学，有八个当上了驱逐舰航海长，两个当上了护卫舰副舰长，正儿八经当上驱逐舰副舰长的就你一个，什么时候把这'副'字去掉？我都等不及了。"

江伟不自然地一笑，没接话茬。他没法开口告诉对方，自己下一个目标是要离开海军，到地方工作。这会儿，他真希望能和贺毅调个个儿。他说："老贺，这是舰长的位子，上去坐坐，下个命令，感觉感觉。”

贺毅一愣，然后走了过去，刚要坐下去，又站直了：“不了，我不能占了你的先，等你坐上了，我再来。这样吧，你跟我上岛，先看看我的‘舰桥’。”

江伟虽然有些纳闷，却没多问，跟贺毅上了岛。岛很小，平地很少，顺着台阶一直走到山腰上一排平房前。贺毅指着最东头的一间说：“这是我的宿舍。”说着便打开了门。

进去一看，江伟呆住了。这确确实实是一个“舰桥”，除了睡觉的床以外，其他地方都布置得和军舰上的舰桥完全一样。

贺毅大步坐到了舰长位子：“江伟，我这‘舰桥’和你的舰桥差得很远，但是我可以在这儿指挥我们这艘‘战舰’。每天早上，我都在这里看太阳从东方升起，感觉到我这艘‘军舰’向着朝阳启航……看看我这个‘舰长’当得怎样？”

江伟看到窗外一群海燕在飞翔，阳光下，它们湿漉漉的身躯闪耀着金色的光芒。

突然，电话铃响了，贺毅听完电话，对江伟说：“走，跟我看看去。”拉着他到了山顶的观察点。贺毅趴在高倍望远镜上看了一会儿，然后把位子让给江伟：“你看，台风走了才多会儿？又来挑衅了！”

江伟凑上去一看，是一艘外国的驱逐舰，就在我们的领海边上。

贺毅说:“在银沙岛，这种挑衅是经常的，凭什么，不就凭他们实力强吗？”

江伟半天没说出话来。

到了队部，墙上挂满了各种各样的奖状、锦旗，都是近几年的。江伟很意外，夸奖说:“没想到你干得这么好！”

贺毅说:“是我的战友们干得好。”

江伟问:“这地方这么艰苦，这么偏僻，你怎么让他们扎根安心的？”

贺毅说:“也没什么高招，最主要的，是我和他们做过一道算术题。我们有三百万军队，中国有十多亿人口，平均每个军人可以摊上三百多人。三百多人，不就是我们经常打交道的亲朋好友加起来的人数吗？有个山西兵讲，在他们那里，没出五服的亲戚都不止三百多人呢！这样一算，大家都说，我们保卫祖国，保卫人民，其实做的就是在保卫自己的亲戚朋友。”

这种说法很实在，却触动了江伟的内心深处，让他感觉到某种纯净和崇高的东西。忽然间，他心里有一股强烈的冲动，要把憋在心里多年的那些话说出来！

在随后的几分钟里，他说起了那封信，说到了队长对贺毅的误解，也坦诚地分析了贺毅没能被分配到舰艇上的原因，向贺毅深表歉意，希望得到谅解。

贺毅听完，像被电击了一下，呆在那儿。

江伟不敢正视他，张了张嘴，什么也说不出口，他真希望贺毅这时候能冲过来，狠揍自己几下。

贺毅缓缓地背过身去，整个身躯像患了风寒似的轻轻战栗。

江伟心如刀绞，鼓起勇气叫了声："贺毅。"贺毅回过头来，眼里含满了泪水。

一群海燕欢快地叫着从头上掠过，呼啸的海风吹打着两人的脸颊。贺毅喉咙像被什么哽住了："你答应我件事吧！"

江伟连忙点头。

贺毅说："答应我，争取当上舰长，当个好舰长——我的梦想，就拜托你来替我实现！"

江伟泪流满面，他紧紧抓住了贺毅的手。

军舰启航了，银沙岛渐渐远去。江伟觉得自己的心留在了这个岛上，又觉得从岛上带走了好多好多……

东方号进入了银沙岛东南侧的琅琊礁石区，这里暗礁丛生，航道狭窄，涌流复杂，曾经发生过多次触礁事故，非常危险。江伟明白，上级派他来执行这次任务，是对自己的极大信任。江伟调到南海还不满一年，已经被人称作"活海图"，对琅琊礁石区的暗礁，他也烂熟于心。他沉着冷静，指挥军舰巨大的身躯在礁石的缝隙间轻盈地穿行。能在这么狭窄的航道上航行的舰长，全舰队没几个。

在银沙岛与贺毅分别后，江伟考入了指挥学院，三年后拿到了舰艇指挥博士学位，主动要求分配到南海舰队某驱逐舰支队，因为那儿有我国生产的最新型驱逐舰。江伟通过一轮又一轮的考核、竞争，最后被任命为东方号驱逐舰舰长。

记得在指挥学院一次模拟演练时，海军首长亲临观摩，对江伟的表现非常满意，首长突然问了一个演练以外的问题："南海珊瑚海区大年三十的潮汐是什么情况？"江伟回答说："我是东海舰队的，对那片海区不了解。"海军首长说："无论是东海、南海，都是我们的母亲海，一个合格的中国舰长，就必须像熟悉自己的母亲一样熟悉她。"

第一次站在舰长位子指挥军舰离岸启航，江伟忽然感觉到在内心里寻找了多年的东西似乎突然回来了。有了这些东西，大海是那么亲近，军舰也有了灵性，和他心心相印。当舰长后第一次出访，在外国军港，对方故意留下一个和舰身长度相差不多的泊位，问要不要请求拖船。当时，指挥编队的舰队司令也明白外方是故意刁难，才出了这么个大难题。那个泊位实在太小，靠上去要冒很大风险，稍有差错，就会和前后的外国军舰相撞，后果不堪设想。首长问："有没有把握？没有把握不要冒险，这种泊岸难度大，一般情况下都申请拖船。”但江伟果断地说：“没问题，我能靠过去。”指挥泊岸时，他仅仅瞄了一眼那段码头，就熟练地下达了一连串口令。不一会儿，整条军舰稳稳地嵌进了那个泊位。尤其是东方舰的舰首从离前面军舰的舰尾数十厘米处滑过的时候，许多在场的国外水兵和观众都尖叫起来，随后爆发出热烈的掌声。上岸后，一位外国记者问江伟：“舰长先生，我注意到您指挥军舰时，根本没有看着岸边，军舰像被上帝牵着手，请问您用了什么先进的仪器？”

江伟说：“用心。”

“用心？”记者耸耸肩膀，没有理解。江伟也没有再做解释，因为他知道，这种感觉对方是不会理解的。

回国的途中，编队遇到了罕见的风浪，一时间，通信天线出现故障，派出了几轮官兵抢修都没有成功。江伟顶着风浪，爬到了桅杆顶部。当时顶部的摆幅达到六七米，好几次差点儿把他抛进大海。他用皮带把自己和桅杆紧紧捆住，奋战了一个多小时，终于修好了天线。有意思的是，在桅顶来回摆动时，大海像沸腾的开水，他却心如平镜，没有任何紧张和恐惧。他很清楚，自己已经不是原来那个江伟了。

这几年他与贺毅联系密切。贺毅还待在银沙岛，但已经被提升为观通团副团长兼银沙岛观通站站长，组织实施了银沙岛观通站的设备更新换代。这次台风前，又听到消息，舰队已经批准贺毅担任观通团团长。想到贺毅快要下岛，夫妻可以团聚，自己也可以和他经常见面了，江伟心里有说不出的高兴，可没想到这场台风会带来这么严重的后果。

经过艰难的搜寻，他们终于在一块礁石上找到了昏迷的贺毅。

当贺毅被抬到甲板上时，风浪已经渐渐平息。江伟贴着贺毅的耳朵大喊："老贺，老贺，我是江伟，你听见了吗？"

一遍遍地呼喊，贺毅没有反应。

随舰医生告诉江伟，贺毅没多少时间了。

江伟不敢相信自己的耳朵。忽然，他大喝一声："把担架抬进指挥中心！"

指挥中心舱内，江伟抱起贺毅，让他倚靠在舰长的座位，将嘴贴近他的耳朵，郑重地说："老贺，你看到了吗？你现在在国产最先进的驱逐舰上，这里是指挥中心，不用上舰桥就可以指挥了，你看看！"

贺毅身子颤动一下，竟慢慢睁开了眼睛。

江伟赶紧重复说："老贺，这是国产最新型驱逐舰的指挥中心，现在你就是舰长，下达命令吧。"

贺毅的目光环视着四周这些陌生的设备仪器，脸上露出了幸福的笑容，轻声说：“唉，真好……”突然，他似乎用尽全身力气：“我命令，海、燕……”话没说完，他就头一歪，合上了双眼，嘴角依然挂着微笑。

江伟立即重复了贺毅的命令，大吼：“我命令！像海燕一样破浪前进！”

在江伟模糊的泪眼里，越来越多的海燕在展翅飞翔……

潮 声

三十晚上的大潮已经退下了。几个不值班的兵赶海回来，给厨房送了一大堆石板鱼、海贝什么的，还有一只不小的章鱼。会餐餐桌上的香味是可想而知的了。开饭前，岛上的最高长官、守备班班长不得人心地在饭堂门口点名，让飘逸的鱼香引得士兵的喉结上下滑动。

班长说了一大堆元旦过节的注意事项后，强调一点："老规矩，十点钟在机房门口集合，收听北京来的慰问电。"

有个老兵咽口唾沫说："别集合了吧？谁愿来谁来，十点钟电视晚会正精彩呢。"

又一个接着说:“反正是那老一套。拼死拼活干一年，到头还算记得我们，来份电报。”

班长没有理睬他们，争下去会给新兵带来不好的影响。这帮老兵在嘴上犯点自由主义，执勤巡逻可从来不会含糊。也是，这儿离大陆太远了。十几个人窝在这零点一平方公里的岛上，也实在是憋得慌。有些怪话倒是正常，没人说，班长倒反而紧张了。

早先，供给能力达不到的时候，这个岛荒无人烟。到二十世纪七十年代中期有了守兵。因为远，因为是最前沿的岛屿，每到年终北京都要来电慰问。班长还记得自己是新兵时，头一回听北京来电，那是什么劲头。为祖国把着门，北京都知道我们！现在的兵……那帮老兵倒也不见得真是牢骚，没准是在新兵面前摆摆谱吧！

晚饭的啤酒不敢多喝，怕查哨时误事，石板鱼也不敢多吃，那东西躁人。早早地走完这零点一平方，到机房换下报务员，都去看电视吧。这儿的电视节目要靠十几海里外的大岛上转播，平时看完新闻联播、天气预报也就没了图像，今天过节例外，让大家听听新年钟声。

到了九点五十分，陆陆续续来了大半数的人。在机房门前椰树下排成一溜，班长知道有几个老兵没来，也就睁一眼闭一眼，戴上耳机打开了机器。

最后十秒倒计时：十九八七六五四三二一开始——众人屏住气，班长听着，听着，咦，耳机里没有反应。再等等，还是没有。

是机器有问题？班长出了一身汗，不会呀，刚才还查了又查呢。他只好继续等待着。

依然没有。

“也许是什么出了岔。”班长轻轻地放下耳机说，像对自己，又像是对门外的兵们。等众人陆续散去了，他依旧是那么痴坐着。

“怎么回事怎么回事？”

“电报没来？”

班长惊醒，见是那几个刚才没来的老兵。他没好气地说：“没有什么，刚好遂你们的愿了。”

那几个你看看我，我看看你，再不敢吱声。好一会儿，有人怯生生地问：“不会有什么意外呀，多少年了不都是准时吗？”

班长想的也是这个问题：“难道是我们今年什么没干好让上头不满意了？”他心里一沉，再看窗外，刚才散去的也都聚了回来。他们无声地看着他，眼睛里都在期待着什么。

他觉得没法儿交代，仿佛都是自己的过错。这种事，又不能问上级为何不来电慰问。急中生智，他想到了在营部当通信员的老乡。北京的电报也是一级一级下来的，最后一站是中心大岛上的营部。

他赶紧拎起磁石电话，摇了好几圈，终于接通了。虽说电话里的声音像刮着西北风听不清，但老乡的嗓子还能辨出来。趁着线路还好，他羞涩地提出了自己的问题。

“简单：今年起电报发给白砂岛了。”

他重复这句话后，大家都沉默了。白砂岛也是这一海区的一个小岛，比这儿更小，离大陆更远，以前供给能力弱，够不着它，虽说属于我国领海，却无人驻守。上个月，去了六个海军陆战队士兵安营扎寨。

从现在起，这儿的小岛已不是最前沿了。

班长无言，众人也无言。班长眯起眼睛朝白砂岛的方向好一阵张望，岛是看不见的，但夜色里的大海风平浪静，秀色宜人。看着眼前肃立着的士兵，他觉得该说些什么，但无从启齿。胸口窝着什么，不知道是得到还是失去，是骄傲还是嫉妒……

电视机里喜剧小品伴着阵阵笑声传来，众人就像是没有听到。也许这时，这台电视机是全中国唯一开着又闲着的。

还是班长打破了沉默，他打开保险柜，拿出了一叠纸，说：“这是进驻岛上以来，北京发来的全部电报，一共十八封，我提议，今天我们宣读这些电报，同意的举手。”

“唰”的一声，一致举手赞成。

班长清清嗓子，念几句，有些沙哑，再清清，还哑，也就这样念了下去。

众人静静地听着，听着。班长也真有点儿奇怪，以往真的来电报还没有这么认真呢！读着，往事潮水一样涌上心头。慢些，慢些，他嘱咐自己。让大家多回味一会儿，再多一会儿。

潮声随着清悠悠的风儿过来，像是伴奏。

终于念完了。那十八封，就一下子完了？班长捏着最后一张电报怅然若失，众人好像还等待着什么。

“中央人民广播电台、中央电视台在这里代表全国人民对坚守在边防海岛的解放军指战员表示亲切的慰问。”电视机里传来熟悉的声音，紧接着，新年钟声敲响了。

“解散吧——”班长轻轻地说。

鱼　儿

鱼儿还是胚胎的时候，他娘做梦见着一条大鱼。第二天部队就来人，说是一艘潜艇在海下让什么卡住，鱼儿爹就潜了下去。后来潜艇上来了，鱼儿爹再也没有上来，娘听罢吐血后没几天，鱼儿就提前一个月来到人世。

娘非要起这个名。

那时他的亲爹本在休假，该下海的是战友小杨，那几天他刚让女友蹬了，领导放心不下，鱼儿爹替他穿上了潜水服。半年后，小杨就成了鱼儿的后爸。

鱼儿的弱智是他学语时发现的。娘让他喊小杨“爸爸”，他就喊，可看见其他穿海军服的他也叫“爸爸”。娘和小杨的心里都不是滋味，耐心地教他该叫别人“叔叔”，可他看见小杨也叫“叔叔”。娘眼泪汪汪地同小杨商量，小杨说：“就这样叫吧。”从此，家里只有“叔叔”的叫声。

两年后待鱼儿的弟弟出世，就出现了麻烦，随着弟弟学会叫人，他脑中早已无影的“爸爸”二字，再一次出现。他又见人乱叫了。一回，娘和小杨刚出门，见一帮孩子在草坪上围着逗他：“鱼儿，叫我‘爸爸’。”娘气得发抖，冲过去举着胳膊犹豫半天，终于打了鱼儿一个响亮的耳光，拎着他耳朵拖到家。小杨夺过鱼儿抚着他脸，第一次冲他娘发了火：“你打他，他懂什么？要打打我！”鱼儿娘一愣，顺手扇了小杨一嘴巴。小杨倒让她打蒙了，也愣了愣，说：“你要是好受些你就再打吧，要不是我，他爸也不会死，他也不会这样……”娘忽然像从大梦中醒来，扑到小杨怀里，捉着小杨的手捶自己，而后，夫妻俩抱着鱼儿默默流泪。

自此，他们不许弟弟当鱼儿面叫“爸爸”，偶有不慎弟弟漏出一两声，鱼儿竟不再学舌，反而害怕地颤着身子。

鱼儿念了四年一年级后，就不再学舌。先由弟弟领着玩，后来也能单独行动，虽说时有淘气的孩子欺负他，但“爸爸”二字他再也没有叫过。如此下来十多年，鱼儿也有了一个高大的个子。

这天，和往日一样，鱼儿穿一套后爸的旧冬装在基地院里背着手闲逛。不同的是，后爸老杨到南方执行任务，棉帽没带走，他戴上了，上边还有一颗帽徽，他走着走着和基地司令正好对面。将军看见一士兵没有领花肩章还背着手，居然还对自己熟视无睹，很有些恼火，喝令："你站住。"

鱼儿吓了一跳，继而看见一张不大友好的面孔，马上撒腿就跑。将军带兵几十年，哪见过这么刺毛又胆大的兵，偏要较这个真儿，放弃了练就多年的首长步伐，拿出早晨练长跑的劲头，追了上去。这一跑一追，马上引得路上不少人驻足。不远处巡逻的几个卫兵闻风包抄过来，把鱼儿截住。

将军喘着气大怒："哪个单位的?！姓名?！"

鱼儿惊悸未定，呆呆地看着将军，见这么多人围着他，竟觉得有些好玩，傻笑起来。

将军越加气愤，要把鱼儿带走。这时，围观的人多了，自然有人认识鱼儿，忙说："这是个呆子。"

将军一怔，看鱼儿的目光，果然有些独特，也就有些尴尬，命令卫兵："去把他家大人找来，怎让他穿着军服出来瞎逛，太不像话了。"

鱼儿娘正好出来寻他，让哨兵领了过来。

将军见是个女的，又不是军人，忍了忍没有发作，但声音依旧严厉："他爸爸呢?！"

娘说："他爸爸早就沉在海底了。"

将军一愣，问："什么时候？"

娘指指鱼儿："这孩子还没生……"

将军不再说话，似在想什么。

鱼儿看看母亲，再看看将军，冷不丁冲他叫了一声"爸爸——"，也许是多少年不叫，像幼儿学语那样音不太准。

娘又气又恼，一把拉过鱼儿。

有个积极的卫兵吼道："瞎叫什么！"鱼儿赶紧躲到娘的身后。

将军喝住了卫兵，而后慢慢地走向娘儿俩，伸过手来，在鱼儿头上轻轻抚摸着，抚摸着。

娘说："首长，实在对不起，他不懂事。"

将军轻叹一声，声音有些沙哑。他咽了几口唾沫，红着眼圈对鱼儿娘说："我就是那个潜艇的艇长。"又抬起头，像是对自己又像是对众人说："有时候，军人献出的，不仅仅是自己的生命……"

他没有期待别人说什么，对鱼儿说："孩子，我送你回家。"

娘没有作声，慢慢地跟在他俩的后边，有一点她弄不明白：那潜艇艇长她认识，在后来一次海战中已经牺牲了。

莫非还活着？

潜 浮

小说稿子写出来以后，我找到的第一个读者就是舰队司令。倒不是拍马屁，手头这部反映潜艇部队的东西得以写成，这位中将确实帮了不少忙。有他说句话，体验生活、采风乃至创作假都遇上了绿灯。其实，他并不是对我情有独钟，他钟情的是钻了二十多年的潜艇。

中将破例在家里给了我一个小时，谈他连夜看完稿子后的看法。“昨晚他翻了大半夜的身。”老伴在一边表示了对我的不满。于是我非常感动，连忙掏出了笔记本。

临到谈话结束，司令顺手又翻了翻稿子，再合上，看一眼而后不经意地问:“就用这个标题?”

我点了点头。对这个题目我是非常得意的——《沉浮的国土》,拿这个来比作我们的潜艇,最贴切不过了。

“我提个建议,能不能把这个‘沉’字改成‘潜’字?”司令依旧是随意说说。

我没有吱声,想了想说:“我觉得还是用‘沉’字好。”

“‘潜’字也不错,让人一下子看出写潜艇的。”大概是见我没有点头,他又说,“我这只是参考意见,还是你们作家定吧。”

我也赶紧说:“我回去一定认真考虑首长的指示。”

“不是指示,是意见,仅供参考。”司令更正道。

话虽这样说,回去后我还真是费心思琢磨了半天,想来想去还是觉得用“沉”字比“潜”字好。首先,“潜浮”不符合一般读者的语言习惯,拗口。用“沉”字感觉上比较凝重,不仅表现了潜艇的运行状态,也喻示了新中国潜艇事业的坎坷历程。换了“潜”,是可以很快让人明白写的是潜艇生活,但这恰恰是小说题目的大忌,没有了悬念和想象的空间,自然失去了应有的诱惑力,而且作品的文学气势也要受到影响。

要是真依他改了,没准书的征订数要下降。

看来,只能用原来的题目。

可是,司令那儿怎么交代呢?

编辑笑了:“你也真是个实在人，你以为他那么大一个司令整天闲着没事，老是惦着你这个题目呢？他那样说，不过是表示一下对创作的关心，再则，也显示一下他在这方面不是外行罢了，这种事我见得多了。你放心好了，他在军事上是天才，在文学上就比你差远了。”

于是我有些脸红，觉得自己过于自作多情了。是呀，一个舰队那么多兵，那么多舰艇，每天有多少事他都忙不过来，哪里还会有空儿惦记着我这本书的题目？退一万步，即使他果真还记得，不改也没什么了不得，他不也是说仅供参考吗？

原来还想多让几个人看看提提意见，算了吧。就这样，稿子进了印刷厂。

大概是半个月之后，编辑突然来电话，说小说的题目变了，“沉”字改成了“潜”字。我吃了一惊，忙问是怎么回事。

原来，司令亲自给出版社的头头打了一个电话，就是为题目上的那个“沉”字。他依旧是提出那个参考意见。可是社里不敢不认真地“参考”，马上通知编辑改变书名。

我不由得倒吸一口凉气，没想到这老头子会在这件事上较上劲，何苦？这么大的首长，这样干未免有些太那个了嘛！终于我明白了:他开了口，我却不尊重他的意见，事情虽小，却确实有个面子问题。只是他这样做……

我也是个有个性的人，自此再也没去找他。书出来了以后，也没给他送。当然，出版社自然会给他寄的。看着这封面上的那几个字，我心里总像塞了什么似的。

半年后，一位潜艇艇长到北京出差，顺便来看看我。他说那本书他们都看了，反映不错。还说，他们的老首长、舰队司令都说这个作家怎么不见了，连书也不送一本来。

“首长惦着你，你有机会到舰队去看看他。”艇长说。

他这么一讲，我更是气不打一处来，一激动就把改题目的事讲了出来。

“当然是用‘潜’了。你知道不知道，自从一次潜艇触礁下沉后，潜艇兵都不再说‘沉’字，就像舰艇兵吃鱼时不说‘翻过来’，航空兵不说‘一路顺风’一样。”艇长说。

我一愣，好半天说不出话来，幸好没用那个“沉”字！

“他怎么不跟我讲明呢？”

“你也不想想，这些忌讳都是没有科学根据的，他那么大的首长，怎么能说呢？”

通 道

那一年，一艘潜艇水下试航时触礁。大批的救生舰船很快赶到了出事地点，水上飞机也降低在附近的海面。

这里的海区不算太深，但也不浅。要把潜艇打捞上来修理不是很快能够办到的。这期间，撞坏舱室的裂口，在海底压力和急流冲击下，会蔓延到其他舱室。眼下最重要的事情，就是尽快让艇内的潜艇兵脱险。

按照操典，潜艇兵水下脱险的唯一通道就是鱼雷发射管。但这又是一个非常危险的求生通道。首先，你要把身上的衣服几乎脱光，戴上氧气面具，把自己塞进窄窄的鱼雷发射管。发射管中再一点点儿注上海水，当罐内海水压力和外面海底水压均衡后，你开始在这种强大的水压中蠕动，爬出八米长的鱼雷发射管。这样，还刚完成第一步。出管后，你千万不能马上出水，否则，水面和水底的压力差会让你的血管马上崩裂。你要在管口系上一根绳子，牢牢地抓住它，不要让强大的浮力把自己拉走，再顺着绳子几米一个疙瘩，每个疙瘩停一会儿，慢慢浮出水面。

整个过程必须进行得天衣无缝，你要是耐不住水压，或者有其他的一点儿失手，事情都可能毁于一旦。有几个难点不好把握：一是吸氧。吸进氧气，再把呼出的气吐入海中，这要让嘴巴在两个口子之间替换，如果搞反了，吸进了海水，就可能把人呛住。潜艇兵和潜水员不同，对这种动作并不十分熟练。再就是出了管口，很容易在恍惚中脱手上浮。所以说，技术重要，体质重要，心理素质更重要。

轮机兵小王刚进发射管就让海水呛了一下，还好，管内水不多，他挣扎着退回了舱内。艇长赶紧过来问有什么困难，小王咳着摆摆手：“没事，没事。”艇长让他休息一下再走，就转身去指挥别人了。

潜艇兵们分三个发射管出来，一个一个浮出了海面。现场抢险指挥员紧张地数着出来的人数，可是，数到最后一个数字，他卡住了——有一位没有出来。经艇长核实，少的正是小王。

幸好，潜艇一出事就向水面抛出了浮标，浮标上有一个磁式电话。有了它，水上指挥水下脱险就方便多了。和艇内联系，还真有人接了，自然是那个轮机兵。

只要活着就好！艇长赶紧问出了什么麻烦。轮机兵支支吾吾好半天，但艇长很快听明白了：他不敢再进那个通道。

的确，凡是从鱼雷管钻出来的，没人不心有余悸。那里面充满恐怖和危险。但是，你要是不从那儿出来，只有死亡。

艇长在船上气得直咬牙。他是最后一批离开潜艇的，只是没法儿和小王同钻一个通道。怎么能想到求生的路上也出现逃兵呢！

“这家伙，我在下面的时候他说没事，硬是把我骗过去了，要不，我非……”他不知“非”怎么好，这又不像别的，可以拉着他、拖着他、架着他出来。

一个个战友都抢着和小王通话，什么道理都说过了，对方就是不吭声。他认准了一个死理，要等着潜艇出水。

再跟他说潜艇出水要很长的时间，可等不到那时候，就凭裂口在不断渗水，也只有死路一条。

他还是不肯出来。

强大的抢险船队，只好在水面上等待着。

海上的天气瞬息万变，说话间就传来气象警报，强热带风暴即将来到。各救险舰船向指挥船请示撤离，按照惯例，只能这样了。

请示到舰队，正在做遥控指挥的舰队司令说："不能放弃，只要还有一线希望，就必须努力。"他以最快的速度又召集了一批潜水专家，一道乘水上飞机赶到现场。

司令和水下亲自通话，把风暴要来的情况也做了重申。正说着，风浪已渐渐起来了，舰身摇晃，电话线就断了。

司令叹口气放下电话，看看远处海天的乌云，叹了口气，找来那帮专家，问大伙还有什么高招。

早有人从美国、德国、英国的海难史论述起来，司令摆摆手，要大家拿出个实招来。

终于，有人说："首长，我下去一趟。"

声音很平淡，却把大家吓了一跳。下去，就是说潜下水，从发射管再钻进去。这和脱险过程反着来，危险性却要增加好几倍。司令细看，是潜艇学院的一名潜水教员。学院不归舰队管，他是主动要求跟司令来的。教员说："这是我的学生，他出不来，是我没教好。"

听这话，大家都摇头。再说，这哪是自我批评的时候？起先艇长就要下去，说就是扇那小子耳光也要把他扇出来，因缺乏科学性而未被批准去冒险。眼下风浪越来越大，可不能再搭上一个。

教员说："第一，以一个老潜水员的名义，我保证自己不出危险；第二，为了中国海军潜水教员的名誉，我必须下去。我深信我和我的学生不会是不合格的。”

司令看看他，沉吟。

教员急了：“首长，风浪来了，没时间再耽误了！”

司令没有再说什么，抓了抓他的胳膊。于是，他扶着摇晃的舷梯，很快潜入海中。

他一进入艇内，小王呆住了，从艇体的摇晃中，小王只感受到越来越强的风暴，而且，晃动也加快了裂缝的渗水。等两个人面对面站着时，海水已齐到胸口。

“老师，您怎么……您快出去，我不能害您……”

教员像没听他说，掏出了身上的潜水马表，说：“你出去不出去不关我的事。”

小王一愣。

“我是为了我自己才下来的，我向你讨回我的一样东西。”

“东西？”小王更傻了。

“是的，一个潜水教员的名誉。我没想到，我的学生会有在技术上不合格的。现在，我要给你补考。”

“教员……”轮机兵不知说什么好，“我技术上没问题，只是心里……”

“不对。从我多年的经验来说，只有技术不好的人才出不去。我担保，你的心理素质没有一点儿问题。看来，当年你结业时的合格成绩有假。”

“不……结业时我的成绩是真的。”这一点，小王还要较个真。

“那你证明给我看，补考。”教员重新扬了扬马表。

“可是，教员，我还是觉得……”

“考场里不许脑子走神，只有考试。”教员接着大声点了对方的名字，“王国华！”

“……到。”

“回答没有力量，重来！王国华！”

回答还是不满意。水已经到了教员的下巴，他的呼吸明显地急促了。但他竭尽了全力又喊了一声学生的名字：

“王国华！”

终于，学生短促有力地回了一声：“到！”

“考试开始，听口令：一……”

学生看了老师一眼，按着口令麻利地开始行动。他进入了那个通道。

升 腾

田水念小学时就听同学说过，有一种炮弹，打出去后，跟长了眼睛一样，你要它炸哪儿，它就飞到哪儿去。那时在田水眼里，这种宝贝和孙悟空是一个等量级。看战争影片，看到我军情况不好的时候。他就会在下边喊："飞弹，快用飞弹！"这是他自己起的名字。再长大一点儿，他知道了这种东西叫"导弹"。等到多少年后，他成了海军驱逐舰上的一名导弹兵，看外军资料，见到海外也有把导弹叫"飞弹"的，暗暗好笑："这帮人的脑子怎么跟我小时候一个样呢？"

田水刚上舰时，看到导弹有些失望，这么个铁疙瘩，就算长了几个不大的翅膀，怎么会飞出自己想象中的神奇劲儿呢？但他是个聪明的小伙子，很快就从 ABCD 开始学会了他该学的东西，当了一名合格的导弹兵。

他管着两个发射架。部门长对他说：“你是个百万富翁呢。”他一愣。部门长笑着说：“这导弹，四五百万一枚呀。”他吓了一跳，于是他就明白了这个“富翁”是什么意思，看那两个铁疙瘩的目光也就有了异样。

很长的一段时间，田水对这一对宝贝有点儿小小的失望。当了这么长时间导弹兵了，可连一次真正的发射也没有见过。每到操练，他很熟练地摆弄着那些按钮把手，等到发射架抬起头打开盖子时，那两个玩意儿冒出红色的脑袋，部门长喊：“两枚齐射！放！”他重复：“两枚齐射！放！”那手指还真摁到发射钮上，可就是不见导弹出去——不是实弹射击，导弹电路没通。每到这时，田水就好像快跑时让什么东西突然挡住了，胸口发紧，憋着，又空空的，像失去了什么。在田水的感觉里，整个演习到他这里就卡了壳，而他那两个宝贝，自然是光吃饭不干活的懒蛋。于是，他觉得连自己也受到了牵连，好像大家的一大口气没喘出来都是让他憋住了似的。

有时，他真想悄悄把那电路接通了。当然，他不会那么做，要不，几百万就轰隆一下出去了：几百万，乖乖，对几十块钱一个月津贴的田水来说，是个多大的数字？

就伺候着这么两个宝贝，田水心里还真不是个滋味。为了出气，他给它俩各起了一个名字：“大懒”和“二懒”。没人的时候，他会拍拍它们的脑袋，数落几句；心里有了情绪，他会拍拍它们的脑袋，数落几句。心情好的时候，语句还轻一点儿；要是窝了火生了气，那就对不起了，非得让它们不好意思。那红红的弹头，在田水眼里，像两张羞红的脸。

田水不相信它们总能耐得住劲儿，总得给咱哥们儿露个脸吧？他对它们还是抱着信心的，相信它们迟早会摘下“落后分子”的帽子，自己给自己争上一口气。

这一天，还真的来到了。

那是一次远洋航行。在公海，两架外国战斗机老是压着军舰掠飞。这不明摆着是在欺负人吗？舰长火了，命令导弹准备。只见发射架的盖子一下子都打开了，导弹都冒出了脑袋。你看田水手下那“大懒”“二懒”，从脸到脖子都涨得通红，连眼睛里也充满了血，放出道道杀气。那架势，田水还真是头一回看到。那两架飞机看到这个阵势，呼的一下，跑得连影子也见不着了。田水冲着天上喊：“喂，别走呀，再玩一会儿。”他是真心诚意地希望对方能够留下，和这“大懒”“二懒”好好比试比试。

这时候，他才意识到给俩兄弟起这么个名字是大大委屈了它们。就想着改名，可田水总是管着它们，好歹搁不下那个脸。想半天，就顺着原先那个音，含含糊糊地叫它们“大拿”“二拿”。从此，他明白了什么叫真人不露相。它们就神气那么一回，自己的腰杆子也硬了，气也足了。

从此的田水，对这俩兄弟更是倍加关照，他能准确地看出它们的神态。没人的时候，他会摸着它们的脑袋，唠叨唠叨自己的心里话，有些话，战友之间班务会上还真不方便说。在这一对兄弟面前，就没了那么多顾忌，而且这些话一倒出来，心里总会有种说不出的舒坦和轻松。时间一长，田水都觉得自己快要离不开这两位知心的伙伴了。

有一天，部门长很神秘地把田水叫到一边，像田水摸“大拿”“二拿”一样摸摸田水的脑袋，说:“有你的好事了！”

“好事？”田水的眼睛眨了几下。

“你想了几年的好事！”部门长指指高高的发射架，而后右手夸张地挥出一个弧线，“我这个当长的也没碰到过几回呢！”

田水明白了，盼了多少个日日夜夜的实弹发射，终于来到了。他情不自禁地盯着发射架，真想马上把这个消息告诉猫在里面的“大拿”“二拿”。好家伙，这两个小子可以狠狠地风光一把了，自然，它们打出了威风，他田水也可以好好地牛一把。部门长说的没错，这实弹发射，他田水还以为当兵几年不一定能碰上呢。他正在偷偷复习，准备报考导弹学院，考上了，自然还可以和部门长一样碰上几回，要是考不上，等到复员回家也没来回真的，回去后那牛皮怎么吹?

中午，宣布了明天要实弹发射的命令。整整一下午，田水做准备工作，一直伺候着这两个宝贝，兴奋得不行；对它们有满腹的话，只是工作时间不能说。

好不容易熬到晚上，他一个人很神气地来到“大拿”“二拿”面前，拍拍它们，说：“明天，你们得好好露露脸，拿个第一，回来，我好好……”说到这里，他心里咯噔了一下。

回来?回来?这才反应过来，这俩兄弟明天一飞出去，就再也回不来了。

田水一下子呆在了那里。没想到，这两个朝夕相处的好朋友，明天自己的手指一按上发射钮，就要和自己永别了。他觉得喉咙发紧，慢慢地，田水走过去，紧紧地挨个抱住它们，泪水，无声地流了下来。

“你不要难过，这一天正是我们早就盼望的。”

田水听到有人在他耳边说话，用心一听，才知道是他的“大拿”“二拿”。

“你们也早就盼着？”田水纳闷。

“是呀，你想想，我们的存在，不就是为了有一天能飞出去吗？话说回来，正因为有了这一天，我们的存在才能被证明。”

“可是，你们是要被炸得粉碎呀。”田水嘟囔。

“我们能发出巨大的光和热，发出巨大的声音，到时你就会看到，那是多么辉煌的一瞬呀！”

“那也只是一瞬。”

“这一瞬，比躺在那里不吭不哈还白让人伺候多少年要强。”

就这样，它们有着说不完的话。田水知道它们的话在理，可心里依旧是不能割舍，毕竟有了那么深的感情。

俩兄弟看出了他的心思：“我们走了，新来的导弹上，有着我们新的生命，到时候，你一样可以和它们，不，也是和我们谈心。”

田水重重地点点头。

第二天，田水看到它们飞出去的那一瞬间，果然是无比辉煌。他觉得自己身上有什么和它们一道飞向了海天，同时，它们又有什么留在了自己身上。过了好一会儿，他透过泪眼，看到天边的海面上，升起了越来越高的水柱。

他渴望自己什么时候也能这么辉煌一下。哪怕只有一瞬间。

瞄 准

射击训练在海军陆战队新兵训练中是最后一个科目了。连长把新兵们领到靶场时，站在队列前问："同志们，前面是什么人？"队伍里稀稀拉拉地答道："是连长。"连长很遗憾地摆了一下胳膊："不，前面是侵略者，你们要勤学苦练，坚决彻底把他们消灭光。"

有哧哧的笑声。锤子没有笑，他觉得打枪对一个当兵的来说实在是太重要了。上了战场，你打不准别人，那只有让别人来打准你了，前面的队列操练"立正、稍息、一二一"才是花架子呢。他决心让自己变成个神枪手，像《红岩》里的那个百发百中的"双枪老太婆"。自然要吃点儿苦，好好练。他二话不说，趴在地上就

“三点一线”地瞄起靶来。刚瞄了个把小时，他才知道这不是个好差使。首先是脖子酸，接着是两个肩膀麻，再后来，胸膛腹部大腿让硬邦邦、冷飕飕的地面硌得又疼又胀，还不时透过一股股寒气。就算是最舒服的姿势，要一直保持也是一件很难受的事，不要说这姿势本来就不舒服。这样下来，那个竖着的脑袋能不犯晕发昏？这些还好办，咬咬牙挺得住。问题是要瞄准目标呀。靶子、准星、眼睛三点一线，说起来很简单。起先锤子还纳闷，有了准星，瞄就是了，怎么会打不准呢？练起来才知道，那枪虽说在地上搁着，却不时随着握它的双手颤抖。你想，枪口歪出一点儿，那子弹要偏出去多少？还有那准星，在太阳光下竟会冒出厚厚的虚影，一是瞄不准，二是那反光刺眼。时不时，眼睛里就会赤橙黄绿青蓝紫，那远处的胸靶持着彩练当空舞了。一天练下来，反倒觉得还不如没练时瞄得准了。

总觉得不是个办法。看电视新闻联播时，他悄悄问连长：“这瞄准有没有诀窍？”连长赞许地看他一会儿，很友好地说：“要说诀窍，早上在靶场我已经告诉你们了，好好想想。”而后，用那只布满老茧的右手摸着锤子的青皮光头，满怀期望地说：“小鬼，好好练吧。功夫不负有心人。”

第二天端起枪，他首先把昨天连长的话复习了一遍。他把前方的靶子果真当成了侵略者。侵略者也是在电影电视上见的，就是八路军打的鬼子兵和志愿军打的美国佬，好像还有烧圆明园的英法联军。这样一想不好了，那目标变成一幕一幕的连续剧，根本没法练习了。他只好抓住第二条“勤学苦练”，硬着头皮，一动不动地趴在地上。

别人休息，他练；别人晚饭后打球看电视了，他看看太阳还没落山，扛着那支打不出子弹的旧枪，又去了靶场。

一练就是五天。

到第六天下午，他觉得右眼有些模糊，眨几下，还是看不清，仔细感觉一下，好像有沙子在里面。没办法，只好去找卫生员。

卫生员翻着他的眼皮吹了好一会儿，终于叹口气：“去团里的卫生队吧。”

医生让他测了测视力，竟会从一点五一下子降到零点四。得出的结论是用眼过度，角膜发炎了。

只好在病房住下了。护士给了他几支红红绿绿的眼药水，规定了一日点几滴。眼睁睁射击练不了，锤子心里能不着急？他找医生商量：能不能让他出院，一边点眼药水，一边瞄靶。医生想了想说：“可以是可以，只怕再瞄一两天，你那右眼的视力不会高于零了。退兵的条件你也不是不知道。”

锤子想想也是。脱了这身没有帽徽领花的军装被退回家，恐怕也没有枪打了，于是只有老老实实点他的眼药水。

不过，这眼药水也不容易点。仰起脸，右手举起药水管在上方一尺处，一捏，一滴亮亮的东西就落了下来。马上，脸蛋上凉凉；再一捏，额头上凉凉。打一圈外围，才有一两滴落进眼眶，不到一天，那眼药水差不多用光了。

到第二天下来，误差就大大减少了。

第三天，基本上没有什么差错了。

如是，锤子每天优雅地滴着他那红红绿绿的眼药水。

大约是第七天，锤子发现一件很有意思的事情。他的眼药水在脸的上方，根本不用瞄准，随手一点，总会落到眼中。于是，他故意把脸移一下，那药水还是落到眼中。这是什么道理？哦，其实那脸动的时候，手不知不觉地随之而动，在心里，早把两者维系在一起了。

闭着眼没事，他就老是琢磨其中的道理。

怪不得“双枪老太婆”拔出枪不用瞄就指哪儿打哪儿。看来，瞄准不光要用眼，还要用心，用……还有比眼睛看得更准更远的。

一年以后，锤子成了全海军的射击标兵。

歇　着

无名岛的最大特色就是小。零点零几平方公里，小得好像不值得有个名字。岛上给航标塔施工的工兵班，倒是有点儿名气，先进事迹还上过报纸。所以，得知其其要分给这个班时，班副担心地对班长说："会不会一条泥鳅把一缸黄鳝都折腾坏了？"班长不以为然，他不相信有那么严重。再说，把其其比作泥鳅或者把这一班弟兄比作黄鳝都不合适。

交通艇送施工材料的时候，也把其其送了上来。这家伙原是基地警卫连的哨兵，想当机关兵没有如愿，脸就阴了下来。还真有点儿让班副说着了，这家伙老是吊儿郎当，在哨位上恨不得要拿自动步枪当拐杖支。有一回，拦住出门的司令员，问将军手上的表几点了。军务处长说：“太愣头青了，先让他到艰苦部队锻炼锻炼吧。”于是请他到工建处报到。处长政委想了半天，觉得从他的成长出发，无名岛是个比较合适的去处。

下了艇稍作安顿，他朝铺上一横就要睡觉，说是头痛，晕船晕的。班长也不好说什么，就给他关好了门。到战士们收工回来吃晚饭，其其才让被子蒙住的脑袋探出来。刚好班长端来病号饭，他二话不说接过来，一大碗面条一会儿吃个精光，包括碗底的两个荷包蛋。

第二天，其其又睡了一整天。

到第三天，班长坐到了他的床边，大哥哥似的给他掖好被子，笑眯眯地问：“怎么样，该上班了吧。”

他头一扭：“我不舒服，去不了。”

“那你总不能不干活呀。”

“我有病。谁来我也不怕。”

“也没谁叫你怕。这岛上又没老虎，鲨鱼也上不了岸。”班长笑得更欢了，“不过，可不能随便下海，没设防鲨网。”

“反正我病了。”

“那你打算歇多少时间呢？”班长不但没有生气，还好像挺同情他的。

“那不好说，没准儿。”其实，他也没想过自己到底要歇多少时间，只是觉得自己要是一上岛就老老实实干活，那就太没面子了。

班长依旧没有生气，想了想说：“这样吧，在无名岛上你就不用干活了，一直到施工结束。”

其其一愣，这起码要一个半月。老让他歇着，哪有这样的好事？看看班长的脸，倒没有捉弄他的意思。那也不行，到时候一下岛告我一状，说一个多月不干活，自己有嘴也说不清，不挣个处分才怪呢！

他有点儿心虚了：“我确实是不舒服，你可别跟处里……”

班长又笑了：“你看我像那种人吗？”

其其想想也是。既然这样，他也没有必要客气了。

“就这么定了！”班长站起来，“不过，你也得答应我一个条件。”

其其心里一紧，不由张大了嘴巴。

“是这样。你歇着就不要跑到工地去，免得影响别人。”

这当然好办，其其满口答应。看着班长出门的背影，他有些庆幸了。没想到这无名岛成了他的快乐岛，这个班长也真宽厚，面对这么个老实人还真有点儿不好意思！

其其拿出带来的“随身听”，听起了《潇洒走一回》。

这一天的日子应该说是相当快活了。那张专辑潇洒地听了两个来回后，他又去海边捡了一堆珊瑚。晚饭后别人都去工地加班，他一个人守在电视机边把十二个频道按钢琴一样按来按去。等大家收工回来，他已在鼾声的伴奏下，好梦一个接着一个，做成系列片了。

第四天太阳晒到屁股时，他从铺上伸起了懒腰，到厨房要了碗稀饭，边喝边拿起了“随身听”。听一会儿，觉得那曲子已不似昨日听得潇洒，倒有点儿像嘴里没就咸菜的稀饭。他就去海边转一圈，还是只有珊瑚可捡，原来，这玩意儿岛上有的是，连岛都是珊瑚的。昨天的收获，一早已让打扫卫生的战友当作垃圾扔了。下水赶海倒是挺有意思的，刚把鞋子脱掉，裤管挽起，他就想起班长的话。班长不可怕，但鲨鱼可怕。

其其一下子没了兴致。他顺着海边瞎逛，没走多远他想起班长给他的规定，不由收住脚步。莫名地，似乎自己和他们不是一回事，心里有些空空的。这岛真小，回去看电视，十二个台都是大雪纷飞的画面。其其出了一身冷汗，莫非电视机昨晚让自己弄坏了？问过炊事员，才知道这儿的电视是靠附近的大岛转播的，播放时间也就是晚上三个小时。

他对炊事员说：“要不要我帮忙？”炊事员抹一把脸上的汗珠问：“这一大锅菜你能行？”

他有些惭愧：“那我帮你洗菜吧。”

炊事员像被什么蜇了一下：“千万别，这淡水都是大陆上运来的，每天都有定量。你有病，还是安稳歇着吧。”

讨了个没趣儿，其其心里更不是个滋味。

好不容易熬到天黑，电视也没心情看了，早早地上了床。可一直到别人加班回来，他还是烙饼一样身子翻个不停。不一会儿，屋里鼾声四起，他的身子也翻得更频了。待他床上的吱嘎声把有的鼾声打断时，上铺和邻床的兵都探过脑袋来：“兄弟，能不能帮帮忙安静一会儿……”

他不好意思了。众人是不可得罪的，这样一想，连大气儿也不敢出了。这晚上比白天还要难过。

其实，第五天的日子更不好过。没事干却越来越觉得浑身没劲。其其开始怀疑自己是否真的有病了。

可不能再这样歇着了。

晚饭时，他找到班长，不好意思地说自己想上班。

班长也不好意思地说：“恐怕不行。我和大家都说了你有病，要休息一个半月。你这一去，我不是骗了大家吗？你也不是不知道。像我们这样的先进班，重要的一条就是干部要讲信用。你说呢？”

其其还真说不出什么来。

这一天恐怕是他有生以来最难过的一天。躺着想坐，坐着想站，站着又想躺，现在才知道什么叫“热锅上的蚂蚁”。

远处隐约传来的号子声、敲打声越来越听得真切，犹如有一个极大的诱惑，近在咫尺，却又无法走过去。做梦也不会想到，一个人不干活是这样痛苦。让你干不珍惜，不让你干了，才知道它的珍贵。

其其不知什么时候出现在了工地上。班长忽然发现了正在搬石头的其其，惊讶地问："你怎么……"

其其小心地看看四周，压低声音，一字一句地说："千万别让我走，等一会儿休息时我给大家做检讨……"

他觉得自己的喉咙像被什么哽住，眼睛模糊起来。

橡 皮

小林调到舰队司令部机关没有两个星期，就让副参谋长和处长分别训了一次，都是为一些说不上的小事。要命的是他还想不通自己哪儿出了差错。另据老乡传来的消息，一般参谋也有对他看不惯的。没想到这基地机关可比他当连长那会儿难弄多了。在连里只有他训别人的份儿。他心里突然一紧："千万别办公室里屁股没坐热，又被撵回海岛，丢人不说，和门诊部的她也只能到此为止了。"

得赶紧寻找对策。这天中午在机关食堂买菜时，他特意让处里的中校参谋吴胖子插了一个队，然后两人坐在一起。话赶话，小林就虚心地向他请教，怎么他老吴总是让领导表扬呢？特别说明，他不是为了争表扬，只要少受批评就谢天谢地了。

老吴笑眯眯地看他一会儿，忽然说："要我教你可以，但你必须得先答应我一件事。"小林张大嘴巴，不知他要出什么难题。老吴说："别紧张，小事。把你的自行车跟我换着骑骑吧，一个月。"

小林倒是刚买了一辆车，骑去跟她约会还挺神气。现在她人都快丢了，还舍不得车？其实，老吴的车看上去也很新，换着骑一个月不算什么事。他马上答应："一句话。"不过心里还在犯嘀咕："这老吴一把年纪了，还在乎骑辆新车风光风光？"总觉得有什么圈套。

老吴掏出钥匙和小林交换。小林让他传授秘法。不料老吴说："也是一个月后，我还你车的时候。"小林急了："那这一个月我……"老吴用他肥胖的手拍拍肥胖的胸脯："我包你没事。"

只好如此了。小林出门刚要骑老吴的车，老吴像想起什么："还有一点，我这车你尽量不要捏刹车，要不，钢圈橡皮都要受伤。"一个大男人说这些，小林想笑。但他只能点头答应。

这一点头麻烦就来了。第二天早晨上班的路上，他看见吴中校正在前面慢慢吞吞地走着。他怎么没有骑车？小林蹬几下追上去，想拍他一下。幸好没拍，近了才看清那人肩章上是颗金星，原来是舰队副司令。赶紧捏闸，等心里稍稍平静，绕开才往前骑。

眼看到办公楼了，毛主席挥手的玉石雕像后面开出一辆摩托车。他当然不敢和它较劲，只好捏闸。

存车时他直摇头：不用刹车，能行吗？

不料下班时，老吴竟然跟着他，找到那辆自行车，还弯下腰，摸摸刹车上的橡皮，再摸摸钢圈，一脸的不高兴：“你还不止捏一次闸，把我的话当耳边风。再这样，我可不管了。”

小林没想到这个老吴这么小气，心里开始有点儿瞧不起他了。可偏偏，像是为老吴助威似的，下午为一个电话通知，处长又给他上了一课。

小林连忙找老吴，这胖子还拿起了架子，说：“谁叫你不听我的？”

小林这才老实了。骑上车速度不能过快，同时要注意前面几米远处行人的速度，人家要是慢了或者停下，小林就要赶紧停脚，等车自然减速。要是路口，更是要眼观六路耳听八方，最好是先停下看看，再动身。出了院子上大街，学问更大了……根据各方的情况来调整自己，哪儿有事你都得变。没想到这个吴胖子出个题目还真难，照小林的脾气，早把车子都扔掉了。现在是没办法，只好磨自己的性子，越用心名堂还越多。

到后来，他也渐渐习惯了，骑着也有了点儿潇洒的味道。

很快就到了一个月。他把车交给老吴时，老吴又是那副没出息的样子在车上摸来摸去，完了说:“你看我这车，五六年了，钢圈橡皮还跟新的似的。你以后还要这么骑。”

小林现在觉得也不是什么难事，痛快地答应了。

老吴擦擦胖手就要走，小林急了:“你还没教我呢……”老吴依旧笑眯眯的:“还要我教？你最近还挨批吗？”

海 骚

启航的日子随着大风警报一拖再拖，在等候的时间里，电视新闻后的天气预报和台风警报成为我一天的中心内容。在北京看电视时我始终认为它们累赘而忽略，想不到在此还账。要命的是对晕船的恐惧一天比一天强烈。去西沙几十小时的航程，对于我这个从未出过海的海军军官来说，无疑是一场劫难。关于晕海这样那样的说法，在我脑中也日见狰狞。什么多少年的老水兵也一样吐出苦胆吐出胃血，有的慰问团上西沙都是让担架抬下，甚至有的新兵实在不堪忍受只想跳海自杀，云云。站在窗边看着海上白白的浪花一直卷到天边，真不知这辽阔无垠、风急浪高的太平洋会如何收拾我呢！略知航海的兵告诉我，海面上看见白点，浪高就有两米五以上。近海如此，远洋呢？舰队临时调来一艘新出厂的运输船，性能好、航速快。顶风出航，倒不是为了我们这些搭船的，而是要再不出发，西沙的守兵要饿着肚子过元旦了。接到启航通知做准备有一天时间，而半天我都是在四处奔波寻找和比较各式“晕海灵”“眩晕灵”“乘晕宁”“苯海抗敏”等，如同乱抓几根稻草，药拿在手里又不知吃什么好。临到上船又听说海军医院新出一种晕海胶囊，连忙坐个体户的摩托车赶去，像个没头苍蝇一样全院乱钻。院里从上到下都说没有，我急得满头大汗，可怜兮兮，苦苦央求，对方让我缠得没法只得给我两小袋。我揣在内衣口袋如获救命仙丹。到军港时，运输船的汽笛已经拉响。照顾我是北京来的，他们让我住在船体中部的舱位。接待我的副船长说：“船是前后摆动，这中间摆动幅度小，晕船晕得轻。”他说到晕，我的头顶顿时生起漩涡，赶紧掏出胶囊偷偷扔口中一枚，生怕别人跟我要去。再看舱内的其他几位，都各自掏出珍藏的“灵丹”朝嘴里送呢！看来还未离岸这舱里的气氛就让人晕了。我赶紧走上甲板，吹吹新鲜的海风。转到楼梯口，只听背后喊：“借光让一下！”我回头看是一光头炊事员，端着一脸盆面条等我让路。我顺口问：“开饭？”他努努嘴：“这就是你们的！开船半小时后你们到饭堂来吧！”我看脸盆中顶多只有三四个人的口粮，而我们搭船的有上岛安雷达的、采访的及陆军参观的二十多人哪！就问：“就这一点儿，够吗？”他笑笑说：“这你放心，绝对够了。一晕船都趴下了，谁还能吃得下？告诉你，即使有几个勇士能把这点儿吃掉，肯定要连本带利吐出来。”我马上一阵恶心，仿佛那盆里就是我刚吐出来的。

看来舱外也不宜久留，就回去躺下。刚上床，眼皮开始发沉，觉得不对劲，掏出口袋中的胶囊细看，竟是“速效感冒”，弄半天是扑尔敏的作用，真不知道那医院里究竟……竟睡着了。

也不知过了多久，迷迷糊糊中觉得身子腾在云里雾里，上下左右翻个不停。以为是做梦，胸中却一阵阵地发闷，努力了几回终于将眼皮撑开一条缝，见整个船舱晃悠来晃悠去，铺上的人也都滚来滚去。柴油机声和海涛声混合在一起凝成一股怪声，直朝我耳孔里钻。呵，船已经脱离了近海，驶入真正的大洋了。

想见识见识舷窗外面的风浪。刚起身未立稳，后脑脖子根如被谁掐住，紧接着一股恶心，从腹中到胸部都翻腾着一串冲击力，像要把我的牙齿撬开，两边腮帮也跟着发酸。我心里有一团火在烧，呼吸困难，脉搏也急剧加快。我本能地抓起身边的一瓶矿泉水朝喉咙里灌，命令自己：“千万千万别吐！”别的不说，刚吃进去的药片也不能吐掉呀。偏偏这瓶水如火上浇油，体内的那股力量越加汹涌，坚持不住了，坚持不住了，心里喊声“不好”，赶紧爬上梯子，跌跌撞撞、摆摆晃晃奔向卫生间。

刚到卫生间门口，一股水柱迎面喷来，纷纷扬扬弄得我一头一脖子。我以为船帮上有一个窟窿，漏水了，吓出了一阵冷汗，瞬间连晕船也忘了。定下神见是舷窗开着，被外面的浪不时打开，从好几米下边跃上，“哗哗哗”一道道白色朝舱里袭来，地上已积了一层水，差不多到脚脖子了。随着船体晃动积水涌来涌去，这眼前翻腾的“小海洋”更加剧了我的恶心，“哇”的一声，我半蹲半跪着吐了起来，双手用力撑着门槛，从每一口吐出的瞬间获得解脱和快感。我真希望一直这样呕吐下去没有止境。就这样吐着，先吐午饭，再吐早饭，再吐昨天的存货，再后来是酸水，再后来，只吐出一口一口的空气，直吐得肚皮贴背心，感觉却还有好多东西没有出来，不仅仅是涌动，而且翻江倒海。看水中，还游动着鱼样的物什，细看，像是刚才盆里的面条，不知已在哪几位肚中侦察完毕，到这儿集合了。

我不敢逗留，立起身已是满头大汗。顺势看窗外的浪，一排高过一排，不光有几米高的浪，还有几十米的涌[①]，我看几眼不敢再看，赶紧扶着舱壁踉踉跄跄回去，刚要下梯子，忽听到“吱吱”的叫声，凄厉而悠扬。循声见是一只老鼠，趴着两条前腿，一口

---

① 涌：涌浪，指远处的风或已经过去的风所引起的波浪。

一口地朝外吐，好像肚里也吐完了。两只无神的鼠目可怜地看着我，我也用无神的眼睛予以回报。正要取得相互理解时，忽听有人骂："苏小明[2]真胡扯，什么'海浪把战舰轻轻地摇'？死命摇，船摇我，我摇胃……"我正要佩服他的勇敢，不料胃阻止了他的幽默，令他速速奔卫生间而去。

我连舱也不敢回了，却又不知何处可以安身，晕晕乎乎挨着梯子坐了下来。又不知过了多少时间，忽听有人哼着小调过来，谁还有这闲情逸致？我睁眼见是个水兵，他摇摇晃晃摆着八字步，两只手一只掌着饭盒，一只拎着一个小桶，走几步哼几声，朝桶里吐一口，像完成一种差使，到我面前，他说："借光让一下。"我翻翻眼皮看一眼，却无力起身，我看他吐，我又想吐了，他说："快点儿，船长还没吃饭呢。"见我躲让迟钝，他竟从我面前跨过，小桶几乎挨着我的鼻尖。

呵，船长。他居然还有胃口，他居然不吐，居然还驾驶着这条船。说不清为什么，我跟在他的后边，也一步一步朝船头挪去。随着接近船头，脚下的颠晃越来越大，眼前的海面是那么宽那么远。四周茫茫一片，只见白浪滔天，狂风怪叫着从天空、从海面掠过。一个巨浪过去，紧接着是一个大大的漩涡，又一个浪，远

---

① 苏小明：歌手，以演唱《军港之夜》而一举成名。

远地追了过来。我心里明白两边几十里甚至几百里没有一块陆地、一个小岛，这就是南中国海。平时看来那么高大的船头，让海浪掀得上下翘动，不时还有一个一个的狂浪翻卷着盖上船头。偌大的船在海上简直是一片树叶，我这个人又算得了什么呢？脚下的感觉不再是晃动，而是有股力量把我朝空中抛。无奈和恐惧带着眩晕朝我袭来，我死命抓着栏杆，真不知道能不能回得去，会不会就地晕下……

这时我看到了船长。

准确地说是他的背影，他穿着一件短袖海魂衫，一只手端着饭盒，边吃边用筷子朝操舵兵下着指令，他说得很轻松很平静，像是在跟谁聊天闲谈。就这样，这么一条大船随着他的一个手势一个短语，乖乖地摆来摆去，摆得极富有灵性。你看，一个巨浪过来了，船首勇敢地冲上去，如跃上一座高高的山峰，呵，山峰让它压垮了。随着轰然一声巨响，海浪翻着泡沫漫向四周，还没来得及漫完，又让船首一劈两半；紧接着又一个巨浪迎来，船首就又冲了上去，一次也不犹豫也不退缩。每冲上一次，脚下的压力加重，我的躯体内都像鼓足了劲头，似要参加搏击；每压下来，我的身体随着船体落下，在降落的失重中，我浑身的经脉都舒展开来。什么恶心、头晕、呕吐，统统得到解脱，代之是领略胜利的愉悦，冲一次，渴望着下一次，再下一次……

呵，船在人的手中服服帖帖，海在船的下边服服帖帖。原来大海并不可怕，当你战胜它、降服它的时候，你会渴望风浪来得更猛烈些。哪里还会晕船?

好，来了！又来了一个更高更大的海浪。

舷　窗

三十多年前的一场著名海战中，舰长在自己受伤的舰体下沉时，站在齐腰深的海水里坚持指挥战斗，击沉了敌舰一艘，撞沉了一艘，自己借助于一只空木箱漂流数日后得以生还，舰长也由此出名。要不是干休所领导介绍，我无论如何不会相信眼前这干巴老头就是那位舰长，唯有额头的一条疤依稀闪烁着当年的光彩。

几天里，他嘟嘟哝哝地讲，我迷迷糊糊地听，采访本上的语句和他的口齿一样断断续续，前言不搭后语，直到我的耐心几乎消失，希望仍是渺茫。想放弃这个目标，却又舍不得已不可再得的线索和数百元的旅差费。

挨到第五天，我在半梦半醒之间想起了一个不是办法的办法：到当地部队政治部寻出大大小小一大摞关于大海和海军的图片，试图以此唤起什么。当我屏住呼吸在床头展开一幅惊涛拍岸的照片时，老孙头呆滞的目光掠过一丝亮光，嚅着嘴想说些什么，但是没有。好一会儿，他终于说："不像。"

这是彩色照片放大的，怎么会不像呢？我怀疑起他的思维了，心里一沉：别是看到海他受了刺激，这么大年纪了……

"舰上的海是圆的……"

圆的？这叫我很纳闷。

我敲开了几个邻居的门，终于找着一位老水手，他露着开窗的牙笑我："这都不知道？舷窗呗！"

我一下子振奋了，掏钱买了两包"红塔山"，让木工加了个班，下午就扛了个圆形的窗框走进老人的卧室。把图片铰圆放进框里，干这个我是行家里手，别看我人模人样是个作家，也就是放映员放幻灯出身。

老人挣扎着要坐，我扶他起来，看着舷窗外面的海，老人异常兴奋，口齿也渐渐伶俐起来，他讲一段我记一段，配合得十分默契。等差不多了，我再换一幅画面。整个下午我一直处于一种兴奋状态，时不时还插上一两句笑话，逗得老人呵呵直笑。

真庆幸寻到了这把钥匙。

晚上在招待所我开始整理笔记，整着整着，忽然觉得有些不对劲，但不知为什么，也没有在意，等到刷完牙收拾明日要用的图片时，不由得吓了一跳。老人的叙述受画面启发不假，但也就是围着那些画面转着圈聊来聊去，说到底也就是个高级一点儿的看图说话。

是啊，被我牵着鼻子，又怎么能让老人的心扉走向海洋，让海洋走进他的心灵深处呢？

接下来的几天，失去了信心和兴趣，我们的交谈也就有一搭无一搭。有时，我停着笔痴坐，忘了听老人说些什么。想想这样总不是个办法，也就想告一段落。这天傍晚，我寻了一个兵，让他去帮我把墙角一大堆圆圆方方的画片搬走。

老人猛地侧过身，叫道："海，海！"他声音有些颤抖，眼睛直盯着墙角。

我知道老人舍不得我走，也舍不得这些海的画面。相处几日，还真有点儿感情，我喉咙一哽，对兵说："把这些留下，你走吧。"

不料，老人依旧叫"海"。

我这才发现，他在盯着那兵身上的海魂衫。

我脑海中闪过一道亮光，来不及多想，赶紧找来了一件海魂衫，让它圆圆地绷在"舷窗"后边。我正在往墙上固定它，耳边忽然响起了脚步声，惊疑地回头，老人已扶着床头颤巍巍地立到了我的身后。

他两眼死死地盯着那件海魂衫，腰板硬硬地挺着一动也不动，仿佛要在那蓝白相间的道道中寻出什么。我无法理解这简单的图案他何以要琢磨这么长时间。我侧脸看他的眼睛，见瞳仁上也是蓝白道道。我明白这是光学上的成像，但看着，总觉得还有其他我看不到的什么。渐渐地，老人脸上的神色古怪起来，两道泪滴顺着脸上的沟壕淌了下来。

冷不丁他身子一歪，我吓了一跳，以为他要摔倒，赶紧扶住，不想他手上的劲那么大，一把把我推得老远。他不理我，摇摇晃晃像个醉汉在屋里走着，但每一步都扎实有力，看那架势，好像地面在摇摆不停似的。他一步比一步重，但是一步一回头，眼睛依旧盯着“舷窗”。

“你记。”他说。

往事如潮水一样，随着老孙头的脚步在我的采访本上漫溢开来。我记着、听着，忽然闻到了一股奇特的气味，有点儿像煮熟的螃蟹，但又不完全像。我嗅嗅鼻子，疑心是自己的错觉，却是实实在在的有，我用鼻子搜寻，终于发现这腥味来自那“舷窗”，再看窗中，那蓝白道道不知哪儿去了，代之的是滚滚波涛朵朵浪花，还有凌空飞翔的海鸥，还有飞驰而过的战舰，还有……看着，我感觉胸口一闷，脑袋跟着打旋，直恶心得要吐。我连忙捂住嘴巴，这才注意到，脚下的地面真的摇晃起来。

“吐吧，晕船吐了就好！”老人说。他话音刚落，我就“哇”的一声呕吐起来，弄得脚下一塌糊涂。等我喘口气再次抬头，真正吓了一跳，我和老人已在一只船的舱内。舱外是无边无际的一片汪洋，烟波浩渺，不见边际，汹涌的波涛使得船身越晃越厉害。我都几乎立不稳了，赶紧扶住墙壁。很快，一片惊恐弥漫了我的全身。

但是，我很快镇静了。因为我看到那摇摇晃晃的步子依旧是那么刚健，静下心来，看远方海天相接处，飘浮着好大的一片晚霞。

鸽　子

海在哪儿呀?

下了火车，你是第四回问身边的班长了。现在，驮着你们的大卡车，喝足了汽油憋足了劲儿，沿着盘缠在山腰上的公路扭来扭去爬行，还不时呼哧呼哧地喘几口大气。你老家狗子村四周也有这么多高高的大山。山上有喷香的花、好看的鸟；山上的树、山上的草，也是这样绿得发黑，黑得透亮。呵，对了，山的头顶也有一个和军服一样雪白的日头。只是狗子村没有公路，也就没有汽车，那儿的日头像爹的旱烟袋那样成日慢慢悠悠晃荡，不像眼前这个，盯着你们卡车的屁股跑得飞快，远处的山们也跟着它打起转来。

你呀你呀，要看大海这么性急？快了快了，过了这座山就是。

班长笑盈盈的声音让你心窝发痒，痒痒里你打了一个小小的格愣[①]：这么一座大山，怎么会快了呢？狗子村边上的狗子山也是这般高、这般大。县城就在山的那边，可长到十七岁你从未去过。串村的货郎就是县城来的，你在货郎担上看到不少花花绿绿的纸头，花纸头上画着不少新鲜稀奇的东西。那会儿你看到纸上的卡车还以为撑死了才水牛一般大呢！你跟爹嚷嚷着要去县城，爹说他年轻时去过一回，远着呢远着呢，得在路上走两天歇一夜。那会儿逃荒年没办法，而今有吃有穿何苦去爬那么大的山？

七岁那年，爹给你捧回家一只洁白的小鸽子，鸽子叫起来咕咕咕真是好听。每天它这样咕咕咕咕飞出去，咕咕咕咕飞回来。你把谷子放在手心，它红红的小嘴啄得你手心有点儿疼、有点儿痒，痒得舒服，疼得痛快，像一根羽毛在你心头轻轻拨动。春天，家里的粮食紧了，一天两顿红薯，你却藏了两小口袋谷子，喂得它直打饱嗝儿。小白鸽壮了，渐渐大了，也渐渐飞得远了。有一天，你看着它飞得很高很高，最后飞过了山头，再也没有回来。晚上你抱着剩下的半袋谷子哭了，哭得好伤心，哭声里你听到一

---

① 格愣：形容心骤然跳动。

种咕咕咕咕的声儿。一连好几日，你把谷子摊开，那谷子在日头下像金子一样灿烂，放出一股诱人的奇香。这食还不够好吗？这儿的山还不够好看吗？小白鸽小白鸽你干吗要走呢？你痴痴地看着头上的一片蓝天，等着它的归来。爹叹口气说：别犯傻了，兴许早让人家捉去吃了。你哭着摇头：不会，它准在哪个地方飞着呢！终于有一天早上，你睁开眼发现枕边的谷子袋儿不见了，灶屋里还透过来那种奇香，你的身子竟半天动弹不得。你知道，小白鸽再也不会回来了。

现在你十七岁了，高了，壮了，结实得像屋后的那棵桑树的树身。队伍上要招潜水兵，村长就让你到乡里去验身体。走在去山腰的路上，你听到心口跳得比脚步还响。潜水兵好，爹好像早知道似的，钻到水底下，能和东海龙王见面握手呢。

乡政府在狗子山山腰的一个大村子里，村子里有一所小学，那小学就是几间茅草房。有一年表叔他们几个也来验身体，你远远地跟在后边。他们进了小学的一间屋子，那屋子的四周门窗挂上了草帘子。帘子引着你过去，让你踏上一块石板，把眼睛凑近缝隙。你看到表叔他们都光着身子排成一行，规规矩矩让人量来量去。你很高兴，想起表叔老是欺负你，把你的裤子扒下，让别人围着嘻嘻哈哈。你要到狗子村把表叔让人脱光衣服的事告诉大家，好好羞他一顿。正当高兴，小屁股上“噗”的响了一巴掌：偷看什么，看我不把你抓起来。你听到的是一口京腔，赶紧张大嘴巴回头看，一个当兵的模样很凶地吼着你。你跳下石板，像只树梢上受惊的小鸟轻快地逃开了，身后响起一串笑声，追得你很远很远。

你进的也是那间屋子。一个穿着白大褂戴着眼镜的小伙子，让你们脱光衣服。你的心跳得更加快、更加重，不好意思脱，不好意思不脱。你看看同来的几个，那几个也看你。你知道表叔他们这么干过，兴许山外边的人都是这样，你就咬着牙脱了，露出一块块卵石一样溜光坚实的肌肉。你在抬起手臂的一刹那，看到卵石与卵石挤压咯咯作响。你垂下热烘烘的脑袋，大姑娘似的在脸上飞上两朵彩云，比每天日头落山时的晚霞红出许多。

回狗子村的路上，你的步伐是那样轻松，心口是那样平静。招不上，你也要到山那边去看看。

要出山口了，大家把帽子的风带扣上。班长对卡车上所有人叫了一声。

你回过神来，取下头上的水兵帽。帽子里垫了半张旧报纸，取出报纸你才看到黑黑的松紧风带。在火车上时，不少人就把风带扣上。忽然你觉得风带叫谁扯了一下又松开，“噗”的一声弹得你脸腮有点儿疼，有点儿痒痒，叫你想起了小白鸽啄你手心中谷子的感觉。于是你也弹别人。在车厢的尽头你看到一个水兵打开水杯正弯着腰，这机会很好，你伸手扯了一下那人的风带，“噗”的一声把那兵的玻璃杯扫落在地变成晶亮的碎片。这时你看清那是你的班长。

你冲着水兵帽发呆了一会儿，忘了把风带拿出来。汽车一阵晃动，你差点儿一个趔趄。

你们乡就验取了你一个。验身体后没有几天，你真的在路上走了两天两夜。到县武装部，穿上军服你浑身竟会不舒服。海军的衣服原是这个样子的，裤子前边怎么没有开口呢？这么大的汉子们为啥要在脑后挂两条长长的辫子？最叫你眼睛难受的是那帽套，水兵帽的帽套真白，白得强似冬日里落在屋顶的新雪。你不喜欢白颜色的帽子，谁都知道戴白帽子是为了死人。爷爷去世的时候，家里扯了二尺白布做了六顶帽子，兴许是白布不够，你的小帽子又紧又小。在爷爷的坟前磕头烧纸钱，妈妈要把白帽子都放进那火苗苗里。奶奶拉住了，说留着她去世的时候还能再用，省得又要扯布又要花钱。那时你跪在青草地上咬着小指头想，那样奶奶的帽子可以让你戴了，不会再把脑袋勒得又涨又疼。戴白帽子的还有就是医生，狗子村那个成日穿双破皮鞋的赤脚医生，他头上也裹着一块皱巴巴的白布。村里人得病上西天，都是他来送行，他送得很认真很热心。

班长看到你捏着水兵帽，不肯往头上戴，叫你到屋子外面。

他给了你一支香烟。你很感动，长到十七岁，头一回把那东西衔在唇间，于是你吸了一口。喷出的白白的烟雾，告诉你你一下子长大了许多。

他说这帽子像什么？

像什么？你愣住了，咦，这不像小白鸽吗？这时你有点儿丧气：你的帽子还没有帽徽，不像班长那顶，红红的星儿正像鸽子的小嘴。

小白鸽？哦——是有点儿像，不过我说它跟大海里腾起的浪花一个模样。对对对就这么抽，把烟头夹在食指中指中间，不要用拇指。你肩上的披肩白道道、蓝道道，是海上涌起的层层波浪。没见过大海？以后要天天和它亲热了。你听听海的声音。班长从裤兜里掏一串钥匙，链条带着一个坠儿在空中飞了弧线。他把坠儿放到你的耳边：听听，这是贝壳。

你听到了阵阵轻轻的呼唤声，像妈妈在呼唤着什么，那声音十分遥远，却又十分凝重，在你心头压下什么。班长拍了拍你的屁股，你很羡慕他能让嘴里吐出的烟雾钻进鼻孔，再由鼻孔里喷出来，喷得远远、逸逸。

班长看你不作声，取下了他自己头上的水兵帽。他用手比画着：你知道为什么帽子上面是平的下边却是弯曲的吗？这样帽子戴在头上风吹不走。气流遇到平面和曲面产生的压力不一样，就把帽子朝头顶压，这在流体力学里讲过，你在中学里学过吗？

你惭愧地摇摇头。中学？你乡里没有。你上过两年小学，狗子村的小学在村子西边的牛棚，每天那儿可以看到日头落山。老师是一个十六岁的小姑娘，她在乡里小学念到五年级，现在教书记工分挣口粮。有一回在课上，你拿出一个捡来的酱油瓶底在桌上玩耍，西下的夕阳洒在你脸上，也洒上了你的瓶底。你看到瓶底放出一道光亮，把屋顶照出一个美丽的圆环。你惊喜这别人扔掉的东西会像村长的手电筒一样发光。于是你的光亮射向那裂了缝的黑板，射向老师的脸。老师睁不开眼，发现你在捣蛋，一把把你拖到讲台边上：你知道你是什么行为?那女孩教师满脸通红，红得漂亮极了。是什么行为？你肚里翻开了泡泡，你看着那双瞪得圆圆的眼睛心里犯急。回答不出来你真是不好意思，可你连行为是什么意思也弄不明白。最后你的目光变得可怜兮兮又不无歉意。流氓行为！那女孩用劲叫了一声，那声音清脆悦耳。这时你沮丧起来：这四个字怎么从未听人说过？小脑袋慢慢垂下。又过了几天，你撕了作业本上的白纸做纸鸽子，又让她拖到讲台边。这是什么行为？还是那种问法。你故意不吭声，你喜欢看她脸蛋红得漂亮，你越不响她脸越红。终于你得意地叫了一声：流氓行为！你要告诉她别以为你不知道这个新词儿。后来你的“流氓行为”多了，爹用桑树条条抽得你在床上躺了三天之后，你再也没有上学。

你慢慢摘下头上的帽子，左手压着帽子顶部的平面，右手轻抚着下边的曲面。气流？平面曲面？流体力学？这些新词都会在这小小的帽子里？既然它是大海的一朵浪花，那大海是什么样子的？大海里该有多少新鲜词儿？你想你知道了肯定会记住，奶奶常夸你记性好，说小狗记得千年事。

汽车猛地转了个大弯，全车的人差不多都跳了一下，相互碰撞。海，大海！有人叫起来了。你吓了一跳，不知道兴奋还是害怕，你竟不敢看。好一会儿，你还是没有弄清海在什么地方。你看到头顶是湛蓝的天，山下也是一片湛蓝的天，山下的天空比头顶还要蓝出许多。你惊呆了，常有人说远在天边近在眼前，地在这里到了尽头，不就是天边吗！大股的风吹过来，让你脑后的飘带扬起，猎猎作响，那风里掺有一种奇异的香味，香得你鼻孔发痒。

突然，你的头部一凉，一个白乎乎的东西从你头顶跳到了车后的公路上，像一只轮盘在地上滚动。你什么也没想，轻轻一纵身扑向车外，扑向那个白白的东西。那东西滚下了公路，朝山下飘去。你的身子竟然也落到公路上，追着飘向山下。

你的身子舒展成一个“大”字形，像一只翱翔的雄鹰。喷香的风一阵阵向你拥来，抚摸着你的脸你的脖，在耳边轻轻呢喃。你的衣服，你的裤管鼓得好似老家屋顶的葫芦，葫芦里挤满了滑腻腻的风，你感到了从未有过的舒服。那个白白的东西，引着你朝天空飞去——呵，那是小白鸽，你的小白鸽。它飞出狗子山这么多年，原来在这儿等着你，等着你。你叹息刚知道人原是可以飞的，要不七岁那年你就跟着小白鸽飞过家乡的那座大山，飞到海边天边来寻找气流压力平面曲面流体力学，当然，肯定还会有更多的别的什么。

小白鸽离你越来越近，蓝天离你越来越近，它们在等着你，拥抱你。

飞呀，飞呀！你轻轻地起降，惬意地呼吸。

你笑得十分甜美。

白　贝

那时候我躺在病床上，连着三四天没人和我讲话，寂寞是可想而知的。有几次实在忍不住，试图和护士起嘴巴上的战争，终于没有成功。

其实，病房里还有三张床。两个飞行员因空潜科超员，被暂时存放在我们病区。一个胖子好手好脚在医院疗养，自然跑去和那帮兄弟厮混；另一个稍瘦些，训练时走神，让右腿打上了石膏。本指望拐子在床上躺着同我说说话，可这小子活像猴子转世，拄两根拐杖，三条腿老在走廊里笃笃作响。于是，只好巴望靠窗的那张空床来一个比我还重的病号，都躺着彼此有个照应。

这个念头一出来，就老在我心里念叨。走廊里三条腿的声音伴在身边，犹如和尚的木鱼。总算没让我失望，等一个星期后我快要下地时，王胡住了进来。

王胡姓王，并不名胡。他胡子也不多，只是长长的许久未刮，很易叫人重视。我很友好地同他挑起话头，他却两眼看着别处，随口嗯嗯地敷衍，牛头不对马嘴。连着几回我都找个没趣儿，颇有些悻悻然：你不就是个潜水员吗，成日乌贼鱼一样在海底钻来钻去，牛皮什么！但躺着无聊，也只有对他用心。蹊跷了：王胡半躺在床头，老盯着窗户，好像外面有什么精彩镜头。可是最好看的东西，也不至于从太阳升起看到落山呀。

带着怨恨和新奇，我终于下地了。头一桩事，我就凑到窗户口朝外看。成排的钻天白杨，黄叶叫秋风刮得稀稀疏疏，不远处的八一湖就在眼前。这有什么好看的？无红花绿叶珍禽异鸟，只有几对男女坐在水边的条椅上，全都衣服严实，动作也很规矩。我把疑惑由目光里收回，寻思着走近王胡床头。顺着他目光的角度，才发现目标不是外面的世界，而是窗台上一只玻璃瓶，由窗帘半掩着，很不起眼。

这是只普通的罐头瓶，就是装糖水橘子、糖水菠萝那种。瓶内养着一只白白的海贝，惹王胡成日用神的竟会是它。

这有什么稀奇？我本不愿再理他，又忍不住："哎，这是什么宝贝？”

我这样走来走去他却没有在意，听我声音他先没有反应，停一会儿：“哦哦，你问它？这白贝只有深海的礁石里才有。”

“那养它做什么？”

他一笑：“这白贝——前年我潜水时脚嵌在礁石缝里，横竖撤不出来。那时我想到这回完了，哎，就那会儿看见一个白白的亮点。脱险时我把它带了出来。你说，该是我的吉祥物吧？”谈到白贝，他神色同刚才判若两人。

吉祥物？我有点儿好笑。不过叫他这么一说，我又用心看它一遍。这海贝果然奇特，贝身洁白如玉，通体寻不见一丝杂色；虽小，却小得玲珑，且花纹极为复杂精致，着实讨人喜欢。忽然我想起一件事，把鼻子凑近瓶口，闻到那股久违的腥味，是海水。再闻闻，已带有淡淡的臭味。

“这水再不换不行了，你何苦带来北京，这里到哪儿寻海水？”我提醒。还潜水员呢，这点儿道理都不懂，成日牛皮哄哄的。

他又一笑，却是凄然：“该死该活看它的命了，让它随我去吧。”

我大骇。仔细看看，他不像逗我，我却是不知说些什么好，立着手脚全不自在。出了门，不知该找谁，想来想去也只有胖子、拐子。那二人我原不想搭理：我倒着的时候你们牛，现在中国人民站起来了，不会忘记受冷落的日子。可眼下却不由自主，马上把王胡的话告诉了他俩。

二人都吃了一惊，齐说哎呀呀怎么就没有在意，太粗心了太粗心。胖子说：“小刘你去问问主任护士，老王是什么病。你跟她熟，老眉来眼去的。”拐子急了：“放屁！陈胖子，上回医院分土豆，是不是你帮她扛的？还有呢——你去不去？”

胖子为难地说：“我——咳，我去吧。”不一会儿，他就沉着脸回来：“可不嘛，癌症，都转移了。”

沉默了。

停了好一会儿，胖子干咳了两声：“这骨癌也生得奇特，年年体检怎么没有查出来？”

又是沉默。几乎是同时，三人都说：“千万不能让那海贝死去！”

“那得想办法换水呀。”拐子说。

“换水？海水最近也要到天津塘沽。”我说。

那两人都语塞，看我时目光已变得愤怒。我也怨恨自己的嘴巴，今日尽让人扫兴。

“咳，我有办法。”拐子突然冒出一句，没头没脑。我和胖子要问，他却独自走了。过一会儿，他回来，神气地命令胖子：“去端盆水来。”胖子不敢怠慢，赶紧去端来一盆自来水。拐子从病号服里掏出一包东西，马上，晶状的粉末散落水中，而后化去。

“这不就是海水吗？”他说。

“咦，倒叫你想着了。”胖子服气地点点头。

“走，给老王换水去。”他俩说。

我拉住他们。海水哪能这么简单，含八十三种元素成分呢。拐子由服务社买来的那袋精盐，早炼得干干净净，只含一种纯净物氯化钠。这些，我不能说，要不又让他们失望愤怒。但是，拐子提醒了我。我边想着边说：“小刘的想法很好，海水可以制。能不能买些粗制盐，对，就是那样大颗粒的，那里边含海水的成分多些。当然，还有个浓度问题。其他一些成分，医院里可以找。”关于海水，我一口气讲出了许多，让他们嘴巴张得老大：“你怎么懂这么多？”这时我倒可以吹吹四年大学没有白上，让他们认识到以前冷淡我是错误的，却横竖没有兴趣，信口道：“《十万个为什么》看多了。”

到现在为止，胖子、拐子都归我调遣。可是，一开头就遇上了麻烦，粗制盐市面上没有。拐子不能出去，我和胖子兵分两路，朝东西两边的各个小店搜索。我跑一会儿只好失望而归；胖子实在，挨个在城西郊的小店查看，硬是走了几十里路，在颐和园西边的代销店寻到了，那是人家用来配饲料的。

其他化学成分呢？首先的目标是护士站。我几次闯进去把手伸向电话机，都让护士赶了出来，只依稀看到玻璃柜中的瓶瓶罐罐。又命胖子去，他转了一圈回来说：“你要的那些像是有。”我的决心一下，拐子的伤腿就剧痛起来。晚上，他在床上作出要死要活状，更有那哎哟哟的叫声婉转悠扬，叫人心酸。王胡也受不住了，急着连连问："怎么，怎么啦？"想下床又动不得。不待胖子出去叫人，他按亮了床头的呼救灯。王胡呼救非同寻常，护士以最快的速度来到病房。

几乎同时，我打开了护士站的柜子门。一看马上失望：尽是酒精碘酒来苏水什么的，没有一样可用。这胖子看不懂就看不懂，谎报什么军情！狼狈逃回病房。还好，护士举着好大一根针管，正用碘酒在拐子屁股上画符。拐子咬紧牙关作视死如归状，见我进来，赶紧拉上裤子："别打别打，我不疼了。"

护士诧异了："怎么突然不疼了？看你这一头汗的。"见拐子态度坚决，只好叹气："药水都配好了。"拐子像过意不去，指指胖子："照顾他一针吧。胖子肉多，针戳上去没有感觉。"

护士瞪一眼走了，拐子舒出一口大气，学着护士的声音："怎么突然不疼了？你这一头大汗的。"又做了个鬼脸："那么粗的针头，我能不出汗吗？"一屋子全笑，王胡也笑了。看着，我胸口像塞了什么。

走廊里，我气得把作案工具一扔，通报了战况，他俩都傻了。

我也不知道该怎么办，心中犯急。一急，鼻子里老是海水里的那种臭味，而且越来越重。

突然，胖子咬咬牙：“那只有寻她了，她同检验科熟。”等胖子说出名字，拐子瞪大眼睛：“我知道我知道，她可是一枝花呀，医院里不少医生研究生追都没追上，你胖子勾搭了？”而后正色道：“胖兄，是朋友我就不能不说你了。你这样做对得起我嫂子吗？”

胖子结结巴巴说得很急：“你胡扯什么，她有对象你不知道？就是那个常用摩托车带她的，嘿嘿，比我还胖。对对，就是什么区长的儿子。她在追人家呢，跟我要副飞行皮手套送给他。”

“凭什么给她？我们开飞机时戴什么？这个狐狸精。胖子我警告你，千万别人家丢个媚眼你就骨头发酥，让人当傻瓜骗。”拐子愤愤道。

“那哪能？她要了几回我都没理。我爸苦了大半辈子，到冬天双手就裂口子，一直想给他弄副皮手套，上半年我谎称丢了，上面才拨了一副。这回要求人家，给她吧。”胖子咬咬牙。

“你带来北京了？”我和拐子问。

“这不，准备疗养完后回家过元旦带给我爸的。”

又是沉默。

终于，拐子无力地说一声：“给她吧。”

“给吧。”我喉咙里哽着。

当晚，我进了检验科。科里也不是样样都有，但一些和白贝生存紧密相关的氮磷等主要成分还是没少。到这时，方知海校学习时做实验不努力是不对的。那时，我在天平上称量试剂不耐烦，实验结果都是自己通过公式计算再加上误差瞎编，眼下来真格的，吃力不少。值班的检验员看我忙得满头大汗，目光变得崇敬："听说你研究的这个项目要在国际上获奖，可真不容易。"

"就是，明天就要送到巴黎去。少一个成分，人家住院都得加班。"拐子告诉她，目光同样崇敬。

"那得了奖可别忘了我们这儿的贡献。"她说。

"忘不了忘不了，军功章里有我的一半也有你的一半。"我头也不抬地说。

第二天，我和胖子到八一湖汲取淡水，自来水里含着氯化氢，有腐蚀性不能用。看着水面上漂浮的片片黄叶，我俩在岸边久久伫立。黄叶下游动的鱼虾，可曾知晓一只来自远方大海的精灵，要与它们同饮一湖秋水？

"这是哪儿来的水？"王胡在床上欠起身子。

"八一湖的。"胖子把他按住，拐子已换好了水，一下把脏水泼在窗外，停一会儿下边有人骂道："谁这么缺德。"是一男一女。

王胡张了张嘴巴，看看白贝长叹一口气，终于没有作声。

这一天，屋里个个都有些不正常。王胡的眼睛看白贝看得要把眼珠子凸出。而我们三人，不时要去窗口转一圈，好像外边在演连续剧。一直到夜晚，王胡惊叫一声："咦，这东西在淡水里也能活。"

"咦——"我们三人都很稀奇。

"这玩意儿可真是奇物。"我说。

"你的吉祥物生命力强。生命力强的，该死也死不了。"拐子说。

"对对，生命力强。"胖子说。

王胡依旧看白贝，身子动了一下。

之后的日子，王胡的嘴巴渐渐勤快，说出许多有趣的往事：如何把孩子他妈骗到手，闹新房时战友们在他床下点燃一挂鞭炮云云。再后来也解放思想，参与一些我们关门才能说的话题，比如哪个护士漂亮什么的。有一天，他突然把胡子刮得溜光，我们看去已不再是过去的那个王胡。

慢慢地，我发现那白贝有些泛黄。起先，我以为是阳光折射的缘故。留心看看，却真是贝壳变色，虽活着已不似原先鲜洁。我先不声张，勤换了几次"海水"，依旧不见好转。心里"啊呀"一声，才想起忽略了一个问题：淡水里的微生物在"海水"里活不了，没有微生物，白贝就没有养分。每个生命都生得容易活得不容易。

这回，我的嘴巴彻底地把他俩气晕了。拐子气得要用拐杖砸还剩着的几小瓶"海水"原料，胖子拦着他，连声说："想想办法想想办法。"

三个人在一起叽叽咕咕老半天，终于想出个不是办法的办法。

“老王，咱们把白贝放到八一湖去玩几天吧，这样也是陪着我们嘛。”回到病房，我找王胡，像在随口扯一件什么小事。

“就是，找个湖边的小水塘，等你病好后再潜下去找它，不要怕寻不着。”胖子说。这个胖子，让他怎么讲他就怎么讲，本来这句话是要等王胡担心寻不着白贝时再说的，他倒积极，抢先背了出来。

“不不不，我每天都要看着它。”王胡起身，目光警觉而又疑虑，他一疑虑，我们就不敢说什么，生怕“海水”的秘密曝光。

这一夜，三个人谁都没睡踏实，老听得床板叽叽作响。

第二天天不亮，我正在做梦，让大夜班护士摇醒。自然不快：“医嘱看错了，我是中午量体温！”

“什么医嘱遗嘱的，拐子哪儿去了？”

我刚想说我哪知道。咦，拐子的床上空空，被子已叠得四四方方。再看，胖子正揉着双眼从门外进来：“没在厕所里。哦，女厕所你自己去看。”护士急急地打开拐子的床头柜，卷成一团的病号服滚到了地上。

护士急了：“他撑两根拐怎么能乱跑出去，那条腿要是骨髓感染就得截掉，上回就用了不少红霉素。这么大人了，街上摔一跤怎么办？”她连连催我去寻。我追到大门口，哪里还见人影。

早饭后，病区的交班延了半个多小时，大夜班的那个护士眼睛有些红肿。到中午不见拐子回来吃饭，全病区的白大褂们都成了热锅上的蚂蚁。飞行员出个什么意外，影响可不同一般，当然本月的奖金已不可指望。到了下午，一个长有深沉面容的人物来察看现场，而后找胖子谈话。胖子本来口笨，让人轮番轰炸得前言不搭后语，这样来人就更有兴趣了。到后来，胖子喉咙大了："怎么没完没了！老子何尝不急，倒像是我搞谋杀似的。"

我也看不过去，不客气地给他们几句。可自己也像落在雾里，左思右想也找不出拐子有什么想不开的。王胡也来凑热闹，时不时冒出一句："会到哪儿去呢？"叫人心烦。安稳看你的白贝还不行吗？可是我发现，今天的白贝，他几乎没看一眼！

到晚上九点多钟快要熄灯时，王胡突然说："快，你们听……"我糊涂了："有什么好听的？"王胡着急了："咳，你听听，走廊里什么声音？"

我竖起耳朵。果然，一声声磕击，由远处细细地传来。笃，笃，笃……一声声向我们走近，渐渐清脆，渐渐响亮，我差一点儿让声音迷醉，猛然醒悟：拐子！

我和胖子迎到门外，见拐子摇摇晃晃过来，像风中的一片树叶。昨天的大夜班也就是今天的小夜班护士端着一盘药从一个病房冲出，追在后边直喊："站住，你给我停下。"拐子理都不理，进屋就朝窗口走去。

“喔唷，你再不回来我要去吃官司了，你小子跑哪儿去了？”胖子说。

“八一湖。”拐子并不停步，从挎包里掏出一只输液瓶。

“你到八一湖去充什么军，寻死上吊也用不着一天！害了这么多人，告诉你，医院已给你单位去电话了……”护士闯进病房，冲着拐子怒火万丈。

拐子没理她，或者说谁都没理，拔开输液瓶的瓶塞，要给白贝换水。他看着手中的瓶子，嘴唇动了动，手掌微微颤抖。他把瓶放在窗口上，要取那白贝。突然拐杖倒下，正砸在那只输液瓶上。他侧身去扶瓶，只听“哐当”一声，连人带瓶都跌倒在地，紧接着一声清脆的破碎声。

我和胖子都跑过去，王胡也挣扎着要下床。拐子说没有事，起身看满地的水朝四周扩散，马上一脸痛苦，终于，“喔唷”一声晕厥了。我们把他放在床上，见他腿上石膏已渗出红色。王胡按亮了急救灯。

很快，护士举起了那支好大的针管，准确地刺入拐子的屁股，医生也忙碌起来。

这时，我闻到一丝淡淡的腥味。循着腥味，看到输液瓶中洒到暖气片上的水痕，已成了块块白斑。王胡嗅嗅鼻子也朝那边看，我赶紧过去立住，用双手在背后擦拭。这医院锅炉工烧煤不心疼，刚入冬暖气就这样烫手！我咬咬牙，坚持擦着。再看王胡，他却扭开脸去，肩头动了几下。

第二天，王胡说："求你们一件事，把这白贝放到八一湖去吧。我病好后再去找它。"

我们很意外，但马上说："那行，你的病很快就会好的。"

"我想也是。"他微笑着说。

于是，我们很快寻到了一位正要出院的水兵。把白贝端到病房门口时，王胡突然开口："等一等，请拿到我床头来一下。"

我们都愣住了，要是到他面前，这"海水"的秘密……谁能怀疑一个潜水员对海水的敏感？可我们没有理由不依，只好过去了。

王胡久久地盯住白贝，突然用两个手指把它夹了出来，放到唇边吻了一下。

我的心一下提了起来。

他把白贝放回，笑着说："拿去吧。"笑得自然，笑得轻松，我也松了口气。

过了二十多天。我们三个人和王胡的家属一道流着眼泪把他推进了楼下的一间平房。王胡的脸上依然是那种微笑。那平房门前，一块语录牌分割着生与死。上书：救死扶伤实行革命人道主义。

现在你去海军总医院，会看到牌上的语录变成了油画，或许天意或许巧合，画的是一片沙滩，滩上有许多枚海贝，当然有白贝。贝们有的在水中，有的在岸上。

生 日

回家探亲，母亲眼热地说：“都是海军，你看人家冬冬比你有出息。这回出国去，彩电冰箱少不了吧？”我心里酸溜溜的，说：“他们是军舰远洋出访，路上大风大浪吃苦着呢，占不着什么便宜，不像别人出国混玩混拿。”母亲的心情我理解。冬冬家在我童年生长的小镇，这消息能传到城里来，他老娘肯定费神不少。

但是，没想到菊菊会打电话寻我，说她娘从中午到现在一直肚子疼，在床上哼哼两个多钟头了。我说肚子疼寻我有什么用，大不了吃生萝卜没洗干净，睡觉时被角未搭在肚上，让镇上郎中赚几块算了。你男人都出国了，还在乎这点儿钞票？菊菊在电话里发急:“今朝是冬冬的生日，老太太在哭着瞎说呢！”

这才知道她说的她娘是她婆婆，心中有数了。想一会儿，再看看西下的日头，只好寻我父亲，说我现在想去爷爷坟上磕头。老头子睁圆眼睛看我好一阵子，叹口气寻来一辆小车。

一个多钟头后，我们就踏上了镇上的青皮街石，皮鞋的咯噔咯噔声招来不少目光，都说这家伙也当上大官了，坐上乌龟车呢。这镇子就在运河边太湖畔，我和冬冬儿时常用弹弓打玻璃，朝女生扔青蛙，一次次难忘的战斗发生于此。冬冬家在相连镇东镇西的石桥边，出门就看见运河里南来北往的船帆。

冬冬是个孝子。生他时横胎，从早上三点折腾到中午，最后老娘肚子挨了一刀，他才见到阳光。四岁时父亲喝醉酒跌进运河，全靠他娘拉扯长大。却有一件怪事，每年到冬冬生日，娘的肚子会莫名其妙地疼痛，且疼出要死要活状。于是按当地的风俗规矩，摆一桌菜、点一支香，像模像样地供好灶王爷。最重要的是生日面条。等冬冬吃下面条，那疼痛才会消去。这种事我一直以为荒唐，更没有想到冬冬大了他娘老了后这名堂依旧。听说在千里之外的军舰上，到生日那天冬冬也准时端起面条碗。我试着问过:“出海时你也果真吃面？别蒙你娘了。”他正色答道:“我怎么会呢?！”我叹口气，就不再怀疑。想起了我上海校前回镇上见着冬冬如何挨他娘的耳光。那时我俩都已长得高大健壮，我父亲虽说力大性急，已不敢如原先在官场上时那样打不过别人回来打我，更何况他娘奇瘦奇小。冬冬垂首，他娘扬手朝他脸上一掌。冬冬本能地直腰，娘的手够不着他的脸，急得跳起来打，不料扭了脚。冬冬扶起他娘，让脑袋垂到她娘伸手最省力的位置，不再躲闪。几声掌响后，母子俩相拥而哭。

没进门，我就听到了屋里的哼哼叽叽。菊菊惊喜地迎过来，拉着三岁儿子的小手说：“快叫舅舅。”叫“舅舅”而不叫“叔叔”，这很叫我感动。一下子想起她曾经是我的妻子。那时我俩不够法定结婚年龄，也不具备民事行为能力，拜天地是在运河的河滩上，我顶多五岁。我进里屋看老太太，她脸上着实痛苦，额头上亮着不少汗珠，不像是做作。“你说说这灶王爷也供了，面条也摆了，会不会他军舰在海上……”老太太哼一声说一句，眼睛里也像在出汗。看我时，目光里带有一丝询问，一丝期望，好像我是研究灶王爷的专家。

我不知如何回答，但想到海上远航的军舰，心中还是一动。嘴上却马上说不会不会。边说边看桌上，菜肴丰盛，香火也旺，各种香味汇成一股朝鼻孔里钻，勾引我的唾液。叫我用心的是，桌子边上还放着一架地球仪。我狐疑着，不由自主地用手拨着转动几下。

冬冬、菊菊的儿子见我动地球仪，嚷嚷着要球球玩。我刚伸手，就让菊菊挡住。老太太已在床上欠起身子，呵斥小孩："跟你说过多次你爸爸在上面不要乱动，怎么不听！"菊菊见我在犯疑惑，低声解释："冬冬远航前回来过一趟，买了个地球仪说他们这回要到哪儿到哪儿，哦，他说生日也就是今天在赤道上。"她指指球上的一道粗红线。

"你说，在这球上走军舰多危险？就是杂技团要爬个圆球也要练多少年功夫呀！"老太太说，"看在你和冬冬要好的面上，能不能想办法问问冬冬他们怎么样了？"她喘着大气用左手按住下腹部。

"娘叫你来就是为这事，冬冬没有吃面条是什么原因呢？担心的就是他在海上……"菊菊柔声说，"你就朝部队打打长途吧，你不是海军司令部的吗？好坏管着他们呢。"

我不好意思了。我知道我娘和冬冬娘老在熟人面前比自己儿子谁有出息。一个说我儿子在舰上管几十号人，不像她儿子在司令部里给别人当跑腿。另一个就是菊菊的那种说法。我说："你说哪儿去了？虽说我在那里拿工资，的确是个跑腿的，哪能管他们？你爸在乡政府烧饭，全乡烧饭的就归他管吗？"说的时候我倍加小心，别让菊菊真的以为是我在还她婆婆的话。我还想说点儿什么，都觉不妥。

她们都有些失望。老太太两眼无光："那只好再求求灶王爷了。"说着起床要拜。菊菊拦住："娘，我来吧。"便跑在桌前的蒲团上，双手合十念念有词。老太太高一声低一声哼着，似在为儿媳伴奏。香炉里青烟袅袅，一丝丝一缕缕升起，散开，不知飘往何处，落向何方。

可是过了老半天，哼哼声依旧不停。

突然，老太太叫了一声："灶王爷，怪我不好！你说我心不诚我认了，我自己跪呀！"她吩咐菊菊重新点燃一撮香火，自己扑通一声跪下。她猛地腾出双手合在胸前，身子晃了晃，终于颤巍巍地稳住。她口中在念着什么，先是听不清，渐渐声音大了："我这把老骨头值不了几个钱了，只要冬冬他们军舰平安，疼死我也无所谓呀！"她边说边磕头，我听到地上震得很响，震我双腿，震我全身，震得我心口奇痛。突然，她哭着叫了一声："老天爷，有什么灾什么难就落在我身上吧！"菊菊叫一声"娘"便呜咽着没了声音，眼中也闪着泪花。

我不知道该说些什么，做些什么。眼前做的那一套我自然不信，却又巴望着老太太这一拜能够灵验。

失望的气氛和青烟一样弥漫在整个屋子。老太太回头痴痴地看我，又看看菊菊，突然身子一软要倒。我俩吓了一跳，连忙弯腰扶住，菊菊哭着说："不会出事的，冬冬不是说他生日在那红道道上过吗？你看军舰靠在那么大一条堤上怎么沉得下去？"

"是呀是呀，"我拿过地球仪，指指上面纵横交错的经线纬线，

“还有这么多堤围着呢，出不了事。”

我的话明显具有权威，老太太眼中渐渐有些光亮，看我：“可怎么我这肚子老疼呢？冬冬是不会不吃面条的。”

我语塞，但马上寻到了一句话：“我知道为什么你拜灶王爷不灵验了。”老太太停住哼哼盯着我，我边想边说：“你现在拜的是这里的灶王爷，冬冬那里是外国的灶王爷呀。好比一个乡一个乡长，这个乡的事要到那个乡办，就要请示报告开会研究，会不费时间？”

“那怎么办？”老太太急着喘气，菊菊的目光倒是怀疑。

“不要紧不要紧，香烧了两回拜了两次，都是超标准了。灶王爷得了双份的好处，好意思不卖力气？放心等着吧，包在我的身上。”

老太太喘口大气，终于回床上躺下，对菊菊说：“我说叫他来没错吧，到底也是海军。”我心里却不能踏实：骗一阵可以，总不能叫老太太一直捂着肚子哼哼吧。正担心着，忽听老太太呢喃一声。回头看，她正轻轻地舒气，脸上笑眯眯像绽开了一朵鲜花。

一顿丰盛的晚餐后，她俩把我和司机送到门口。站在石拱桥上，老太太突然问我：“这河里的水能流到冬冬那儿吗？”我说那自然，河与江、江与海之间哪儿不通？走几步低头望，河里正悠悠地漂着一片月亮。冬冬那儿的月亮，在海里可会是这番模样？

我回到北京，还一直惦着这件事儿。冬冬他们的舰刚刚回国，我电话就通了过去：“你这趟出去混得不错吧？”

“还凑合着吧。能买个彩电，给老娘解解闷吧。”

“果真抖起来了！你记不记得自己的生日？”

“那怎能忘？我们舰上的弟兄都记得呢！那天大家说在赤道上过生日稀奇，热闹热闹。点了二十八根蜡烛，我吹四口气才吹灭。什么时候我寄点儿照片给你看看。哦，还有不少大鼻子参加了，有他们送的生日卡，一大沓呢。”

这不，到底把她老娘忘了。只知道点蜡烛吃蛋糕，让老娘在家里受罪。想想那拜灶王爷的场面，我有点儿愤愤然：“行了行了，生日面呢？”

“怎么啦？”冬冬愣半天，慢吞吞地说，“我吃啦，就在往常的那个时间，我先吃了一碗方便面，那还是我特意由老家带去的呢。菊菊来过电话了，说娘那天过得蛮好的呀。哎，出什么事啦？快告诉我。”他越讲越快，我倒不好说什么了。

“这个，这个，你娘倒没出什么事，只是肚子疼了几个钟头。”

“这怎么可能……哎呀，时差！”他惊叫一声。

哦，我大悟。一只手拿着听筒，一只手打开了办公桌边的计算机。

“请快点儿讲，这电话时间太长了。”总机小丫头在电话里催了。

“好好好，等等。你们分队长是我的老乡，照顾一下吧。”我边说边操作，不一会儿得出，赤道上那个经度与运河边那个小镇的时差，恰恰是那么几个钟头。

其实，到现在我依旧不信冬冬和他老娘之间真有什么遥控感应之类的事情。有那么神，通信部门那帮像模像样搞现代化的不要去喝西北风了？

处 分

绝不是想吃肥肉我才考进海校，尽管我与它们的交情至今不错。说良心话，一九八〇年那时一天一块多的伙食应该叫人眼热了。只怪我们一帮弟兄都有过一个共同的想象（不是理想）：炊事员的菜碗似乎有些异样。

这样就诞生了那幅漫画。作品用饭粒粘在餐厅与厨房交界之处。画上有一架天平，左边炊事员和学员二人走进饭堂，右边是二人走出，只是炊事员变得奇肥，学员奇瘦，天平左右失衡。饭粒粘得不牢，风吹去一晃一晃，招了不少观众。炊事兵们骂着要撕，他们的牛眼班长说：“取下来给我。”我们的队长过来：“算了算了，给我处理吧。”那班长红着脸说：“不行，我要上交！”炊事班不归学员队管，是另一根绳上的蚂蚱，他不怕队长：“这事儿没完！”

队长看了我一眼。一下我觉得许多目光都在刺我，要不怎么浑身痒痒？我老掂量这小子捅到上头会怎么样没完没了，心中发虚。其实并不是我画的，但因为如此，我为自己担心。那是因为大家肯定以为这幅画出自我的手笔。我自小学了画图、写美术字，负责黑板报，会这两下的人在部队里很讨头头喜欢，所以队长对我比较关照。可现在我无法声明它不是我的手笔，弄不好就是此地无银三百两。倒巴望哪个问我一下，就好当众申辩，偏偏大家对我齐心保护，让我着急。

后来听说那幅画由炊事班长出手上报后，传一路乐一线，到一处乐一片。事后常有人说我：“亏你小子想得出。”我作不置可否状，心里倒希望别人都这样以为，当然，也总觉得另有一双眼睛在看我。

自此，皆不把牛眼班长放在眼中，知道他的“没完”有何等力道。再则，谅他也不敢把土块扔进锅里，这小子差半年要转士官兵了，正积极着。这就叫骄傲使人落后，大意失了荆州，但很快他叫我们出了洋相。

起因是为病号饭。其实，病号饭就是下一锅面条打几个鸡蛋，头疼是它脚破也是它，比正常饭菜差远了。可偏偏都馋它，寻常吃不得，须凭医生开的饭条。如果谁有资格端来一碗，绝不会独自享用。

最初的谋略并不在我。我们的桌长下楼梯时踩着一块西瓜皮，右脚让白纱布狠捆了几下。病号饭的期限是三天，我们可享用九顿。他多用了一下脑子，“三”改成了“五”。这一改，改出了大伙的不满意，说：“本可把‘三’字改成大写的‘玖’字。”遗憾留在每个人的碗里。

桌长之所以被选作桌长，就在于他不会在饭桌上叫我们失望。五天快要过去时，他掏出一叠空白的病号饭条说：“可以细水长流了。”就这一下，重任落到了我的头上。饭条上须由医生写字签名，医生的字大凡都有点儿鬼画符，一般人写不像。都推选我“画”字。我想推托，以为伪造凭证毕竟不光彩，且是为了嘴巴快活。但是不敢推：“你小子出黑板报那样起劲，一副马屁精的样子，现在是大伙的事，拿什么架子？那五天的面条汤你喝了没有？”如此想想，只好硬着头皮就范。要是这样安安稳稳让桌上八个轮着在我手里生病，或许永远平静。问题是我突然真的生病头痛了，医生主动开了一张病号饭条。这下为难了：已有别人的一张在牛眼那儿还没有到期，手里这张交不交？在我眼里，医生开的理应比我手里出来的金贵，废了实在可惜，想来想去还是要交。

不想牛眼班长接过，认真看了几眼，便一口咬定这一张是假的，并说："上回是你干的好事，这回朝哪里逃！"本是真的饭条，我哪里肯服，张大喉咙和他争吵。他冷笑，掏出一叠饭条："睁大你的眼睛，你这张上边的签字和这些比比，差一个点哩。要不是最近病号多，还差点儿让你混过了，哈哈！"我于是睁大眼睛，见我交的与我画的确实有些不同，只好叫苦了：要么承认自己这张是假，要么承认自己画的是假，必居其一。狠狠心只好舍己保同志了，当然追究到底我也是主犯之一。

脸上很难堪了一阵，但想起同桌的七个战友站在身边，心里也就踏实了。倒是队长，神情古怪地夸了我们几句："到底是大学生，比我们当兵时聪明多了。"

之后，我们桌与牛眼的关系微妙起来。开饭时双方总像惦着，如打菜时他会关心地看我们一眼两眼，我们对他的勺子也很关注。等我们吃到后来发现碗里的米饭常常富余，群情就有些激动了。激动之情又无法表达：每个桌上的饭菜没有固定的分量，更无法计算平方面积立方体积。本来也可和邻桌做出比较，但牛眼可以说你桌上正好比别人多一点儿饭不要嫉妒。

"算了。"桌长指示，"要创造人类的幸福全靠我们自己。"他拿出了高招：打菜的推车最终停在餐厅与厨房之间的过道里，也就是那幅画发表的地方。那个盛菜的大盆盆底每回都有存货，为什么不去打一点儿呢?

对这事我有些想法:上回吃面条是骗他们,这回吃菜却是偷了。想想又觉得没有理由不干:那盆底的存货自然备用,但大概都要进了剩食缸,我们从食堂养的猪们口中夺食,伤不了天理。不知道同桌别人想法如何如何,总之全都同意了。而且一致推选我头一个开始,轮流行动,都深情地说:“上回你受了惊,这回先去吧,头两回行动别人不易察觉。”

我很激动地拎起空盆,朝那目的地走去,表情尽量从容。我帮过厨,知道那帮炊事兵现在都去吃饭,只有班长表现积极,端着碗在厨房蹲着。舀菜时,总觉得里面有双眼睛在朝外盯着,心跳渐渐加快。终于勺子和菜盆相碰,发出悦耳的一声。紧接着,传来一声:“谁呀?”

一时我很为难:要么撒腿就跑,他自然看不见也抓不住我;要么大摇大摆地走。选择前者有点儿丢人:一个大学生偷一盆菜叫人盯屁股追,精神上就输了一着。还未为难完毕,那牛眼一个箭步蹿了过来:“好小子,又是你。”一把抓住我的衣领。

桌友们绝对够意思,听见动静马上都过来了,一下逼住对方齐用手指他鼻子:“你想干什么?!你想干什么?!”那班长呆住了,知道双手不敌四拳,慌乱中连连后退。等退到墙角,他急了,顺手抄起一样东西:“你们走不走!”

那是一把菜刀！刀上沾着鱼鳞鱼血。他急匆匆地挥了几下：“谁过来？”未干的鱼血顺着刀向我洒来，我赶忙用菜盆去挡，只听“叮当”一声，菜汤洒我一身一脸一脖子。

“好哇！你敢行凶！”众人喝道，早有眼疾的夺下凶器。他一下子呆在那儿：“不不不，我不知道拿的是……”

系主任、队长都远远看到了刚才的一幕，主任对闻声过来的两个炊事兵说：“领你们班长去军务处，当心路上不要出事。”

这件事激起了全校学员的公愤。大学生和食堂都是对头，军校也未例外。一个个认识不认识的都来抱不平，很快，保卫处也来插手。

许多目击者说，要不是菜盆挡一下，我的右胳膊怕是没有了，马上我后怕起来。如此怕了一阵子，又觉得有些不对劲：那菜刀击在菜盆上时受力很轻，像是我迎上去的，再则他拿起刀后，似乎没有看它一眼，莫非真像他说的那样，不知道是刀？

想归这样想，哪里敢说？说出去不就是朝那帮弟兄们头上浇凉水？他们不但下不了台，而且有诬陷的意味了。想来想去想了一夜。第二天我寻到队长：“算了吧，人活一辈子当个兵不易，跟保卫处说说，千万不要让人家吃官司。”队长一愣，瞪眼看我好一会儿说：“这一年多水兵服你算没有白穿，有你这句话就行了。”说完捏了一下我的手。

后来那牛眼只挨了个警告处分。不少人为我不平，于是我屡次复述了朝队长讲的那几句。他们一个个在作不可思议状之后，又现出感动的样子。到秋天牛眼复员回家，临行前还来寻我千恩万谢。我却躲了。

为这事不少人说我好话，包括队长。初听着心里乱跳，脸上常常发烧，慢慢就习惯了。再慢慢夸我的人少了，又有些不习惯了。我也费了不少神：不一定他没有看到那是菜刀，要不怎么不抓刀刃去抓刀把儿？菜盆的受力无法精确计算，何以肯定就不会砍下我的右臂？这和原来迥异的判断，很容易被我接受了。既然如此，还有没有介于二者之间或之外的可能，已是无关紧要了。

很快证明了我最终判断的正确性。我的右臂渐渐疼痛起来，总像是留有一条刀痕没有愈合，我疑心是当时受了内伤没有发现。这疼痛一直忠心耿耿地随着我，但查过多次，包括 X 光、CT、气功特异功能等，都没有结果。

芦 花

有半岛船一样搭在潮岸，住百十户人家，叫灵台村或潮滨大队。城里来的石子公路在这里停住，朝西是看不见边际的芦苇荡。姥姥淘米时，我立水边问：“老说我家在湖那边，怎么看不到潮水？”答：“你还小哩。”一时，我为自己才活了七个年头愤愤不平。

头一回看见杭州佬我吓了一跳。吃夜饭前，我和小我两岁的舅舅光着屁股要朝湖里蹦，比远。正沾些口水在肚脐上抹，说秋天可以防住寒气。忽听一声喇叭在芦苇中响起，窄窄的湖堤上竟会跑出一辆卡车。

车在村口停住。下来两个人，一个白发老太，另一个穿一身灰色制服。我倒有点儿糊涂：没想到芦苇荡还住着新四军！那白发老太不就是沙奶奶一样的人物？那时《沙家浜》到处在演，我受教育很深，还能背出不少台词，如刁小三“抢东西我还要抢人”什么的。我赶紧问：“那老太太是谁？”小舅舅不屑：“喏，村里的杭州佬，疯子。”

再看那二人，已不见踪影。反正汽车在，他们躲不住。不一会儿，那“新四军”果然朝汽车走去，只是独自。我赶紧套上裤衩追着跑去。那人见我，停住：“小鬼，你不是这里人。”我惊奇了：“你怎么晓得？”他哈哈大笑，拍拍我肚皮：“这么白，肯定是城里人。”我也不怕生了：“那你也是城里人。”的确，那人脸上白白净净，眉毛弯细，戏台上的新四军全都这么漂亮。

他告诉我，他们是海军。海军现在就穿这样的衣服，不像原先电影里那样帽子后头挂两条辫子。我说应该应该，当初新四军阿庆嫂他们在湖里打仗，现在海上的部队肯定是他们变的，衣服自然是灰色好。幸好又改了回来，要不真是忘本了。忽然我想起：“你们的兵舰呢？”

“兵舰？哦哦哦，我们的兵舰都在水下的地道里，那地道直通北京呢！你知道红太阳从哪儿升起的吗？”

这不是气我吗：“谁不知道在天安门！‘我爱北京天安门，天安门上太阳升。’”

“就是嘛，你看太阳落下的地方就是我们部队。”他指指西边，一轮夕阳正叫芦花拥抱，“晚上我们用兵舰运到北京，第二天又升起来了。”

真是稀奇！到卡车完全让苇子淹没，我还立在堤边呆呆地吮吸指头。回去，朝姥姥直闹着要去芦苇深处看海军的兵舰。姥姥说：“瞎听鬼话，海军在湖里造田建农场呢，哪来兵舰？”我怎能相信？自然不肯罢休，姥姥让闹得吃不消，急了：“你这小鬼好不讲理。现在是秋收大忙，几十里路远，谁有那个闲空儿送你去？咦，你哭什么？好好好，跟杭州佬去吧，每个星期六她去卖五香蚕豆。”

“那疯老太？”想想，我倒有点儿害怕。

“哎，不怎么疯。原先说点儿疯话，现在同常人一样了。”

好不容易熬到星期六。夜晚，姥姥带我先去趟杭州佬家。她家房子在半岛的尖尖上，门口十来步远就闻到一股浓浓的奇香。门半开着，缝隙里放出一道橙红的灯光。乳白的水蒸汽一团接着一团，越过那道光带，飘向屋外。

循香雾走到灶屋，见杭州佬正弓着背在锅台边，拿铲子在锅里搅拌。现在秋忙，为打谷场上的机器用电，农家停电，都点油灯。灶屋的油灯许是灯油不多，火头呈橘红，一跳一跳的，像波浪里的星星。隔着雾气，墙上也跳动着一个杭州佬。

杭州佬回身笑笑，用手指抓几个蚕豆，连口吹着气给我：“吃吃吃。”姥姥却挡住：“哎呀呀，我们自家有。”

她俩说话时，我看到这屋子三个房间都是空空的，能动的只有杭州佬和她的影子。忽然，我看到墙上黑乎乎地挂着一张照片，还是一个解放军。我扯扯姥姥，张口要问。姥姥竟会有些惊慌：“小鬼，大人讲话不要插嘴打岔。”

出门，姥姥再三关照两件事：一是明早跟杭州佬上路，千万不可嘴馋，她很小气，五香豆谁也不让吃；再是那照片不能提，要不惹她发了疯，会把你推进湖里喂鱼。听了倒有些吓人，可有兵舰看，还怕这个？

这一夜窗外的苇叶哗哗声特别响，觉得身下的凉席出奇地凉，老晚才困着。梦还没有开始，就听到一声声枪响，迷糊里以为是鬼子或忠义救国军[①]进村，赶紧摇醒身边的舅舅，才知是人家在打野鸭。怪事，往常怎么从未听到？

太阳还没从天安门上升起，我就和杭州佬立在她家门口的石板码头上。岸边歇有许多小船，像一簇簇香蘑在水面上三五成群。船皆空着，船头舱里都留下一片片银白的鱼鳞，那银白一直扩展

① 忠义救国军：抗日战争时期国民党军统局领导的特务游击武装。

到岸上。主人都已进镇上城。在腥味中没等多久，有运货的木船过来，见杭州佬举起了手里的四角风灯，就把我俩载了。

航道就顺着湖堤，却窄。勉强能行走船身，也会不时碰倒一些苇子，躺下的苇子又在船尾由水中探头冒出，摇摆着闪亮的身子，倒是白白的芦花，时常擦在我们脸上身上，纷纷散落。看到太阳慢慢上升，杭州佬就捻灭风灯的火头，等太阳一竿高，船头船尾已积上一层厚厚的花絮，像雪。

整个途中清静，船主一言不发，杭州佬也一声不吭。她盘腿坐牢在船头，双臂死死抱紧胸前那只蚕豆篮，像一位奶婆在哺育怀里的小宝宝。她双眼痴痴地盯住前方，透过一丝笑的意思。她的年纪自然大，能看见些我看不见的什么吗？不知。只是那笑容有些古怪，叫我害怕。

终于有一座水泥桥迎面过来。桥小，却写有“军民大桥”四个红字，“民”与“大”之间画一红五星。桥头立一人穿长袖海魂衫，正是我见过的那个“新四军”。

上岸，那人接过杭州佬手中的篮子，叫一声“妈”，我好吃惊，仔细看他，与照片上那人并不相像。正糊涂着，已走到了两排瓦房前。马上，远处近处不少海军围了过来，全叫杭州佬“妈妈”。这更让我糊涂：这老太太哪儿来这么多儿子？五香豆卖给儿子们能赚什么钞票，跑这么老远的。

儿子们都端着吃饭用的瓷盆过来，在她面前自动排成一队。她揭开盖在篮上的白布，拿起一只白瓷青花官碗，给他们挨个挖一碗蚕豆。叫一声“妈”，走掉一个。忽然我发现一件怪事，那个“新四军”把自己盆中的蚕豆分给别人，绕一圈又排进了队伍。等他再走到面前，我突然检举：“哈哈，你又要多吃多占。”他朝我做个鬼脸，又嬉皮笑脸地对杭州佬说：“再来一点儿嘛，我是最小的儿子。”杭州佬拿指头到他鼻尖上点了一下，手指上有豆汁，成了红鼻头。

午饭时，我看到桌上的鱼肉都吃得差不离了，就说要去看运红太阳的兵舰。桌上人齐愣，有穿四个衣兜的问是哪个说的。我指指“新四军”，他们笑了：“好好好，那就让他领你去吧。”

“新四军”带着我朝西走去。有一座水泥高房子竖在堤上，四根两人抱的大管子深入湖中。房子朝阳的墙上写着四个美术字：合理灌溉。后两个字是他教我的。他指指那些管子：“兵舰就在下边，我们都从这几根管子里下去。”我要待下来等太阳落下看太阳如何运上兵舰。“新四军”催半天见我不动，说：“那还行？这都是军事机密。你看见了公检法不光抓你，还要抓我呢。要看，等你长大了也当海军吧。”又一次，我为自己的年龄愤愤。

见我失望不理他，“新四军”从裤兜里掏出一把蚕豆：“喏，你吃。”我想壮壮志气，终于顶不住香味的诱惑。嚼着味道果然特别，竟带有一股芦花的香气。姥姥讲过，五香豆里加芦花，是一种本事。加少了没味，加多了味道涩嘴。

“这东西外国人很喜欢吃。”他做个样子，说道，“他们只吃这外面的皮皮，把肉肉剩下扔了。还说中国的五香豆好吃是好吃，就是核核太大。”我捧着肚皮大乐，这外国人真笨，怪不得电影上志愿军冲锋枪一扫就倒下一大片。

高兴中，再问老太太哪儿来这么多儿子。他正经了，说那杭州佬的儿子也是海军，和国民党兵舰打仗时牺牲了。他们知道后都叫她“妈妈”。

“哦——”我又想起一个问题，“你们晓不晓得她是疯子？”他吃一惊，盯我看了一会儿，猛地翻了脸：“你这小鬼怎么没有教养，说这样的疯话。要不是……”吓得我不敢吱声。

归来的路上还蛮吓人。湖堤窄，“新四军”开的卡车轮子老像要朝湖里滚。咦，还有个问题：来的时候他们怎么不开车来接？

姥姥一家齐问我看见兵舰没有。我说了那几个大管子。他们都笑了，说那就是那就是。我再次问起老太太的儿子。姥姥说：“现在告诉你吧，她儿子在部队偷着开车，把车开到山沟里去了。”我争辩：“瞎说，是打国民党时牺牲的。她还有好多儿子呢！”姥姥火了：“你怎么也说起她往常在村里说的疯话。疯老太让干部训几次也不敢瞎说了，怎么又传染给你?！再出去瞎惹事，我告诉你老子，让他揍你一顿。”

“揍他两顿！”小舅舅在一边说。这小子还没让我揍够。

一年后的秋季忙假，我又到灵台村，听说杭州佬疯得厉害。原来，村里有个人看杭州佬卖五香豆生意像是不错，也弄些去寻海军。本来也不想抢她生意，去了别的连队。可转几处人家都说五香豆我们自家煮的吃都吃不光，还买你的？他想不通，就去了杭州佬去的那个连队。不知说了些什么，竟让那帮士兵打得鼻青脸肿。当然咽不下这口气，告到了那里海军最大的官。很快连队挨批评，这边公社也接到通知，不准杭州佬再去发疯骗人。自此，杭州佬成日哭哭笑笑，越来越不正常。村里人齐说这疯老太是害人精，让卖蚕豆的吃拳头，那边海军吃批评。

那日傍晚，我和小舅舅走到湖堤，忽见一人痴痴地坐在路边，怀抱一只竹篮，正是杭州佬。小舅舅说，大半年前，一部小吉普从堤上开出，杭州佬硬说那开车的是她小儿子，回去煮了一篮五香豆，坐在堤边等小车由城里回来。那小车终于回来了，到她身边慢了一下，但很快又开走了。杭州佬拎着竹篮追在车后，再后边跟一群小孩儿。突然，她一个跟斗栽倒，蚕豆撒在地上，滚进湖里。她脸上的伤好后，又常常在这儿等着，只是没有等到。

我看湖中，是一望无际的芦花。秋风不时把白絮吹入水中，一簇一簇，像一块块融化不开的奶脂，夕阳照上去，掺血一般。

那杭州佬，依旧在默默地等待……

水 性

元元是我的远房亲戚，他老子福根时常同我爷爷一道吃酒，属兄弟辈。从海军复员回来，他当了我们镇子的民兵营长，三天两头袖上别道红布箍箍，领人到镇西的运河码头市场上抓乡下人偷偷摆的摊头。不止一次，我看见他把一串串扒了皮的田鸡倒进茅坑。这肯定得罪人，却是数目有限。要紧的是新官上任，他领人到太湖去筑石堤围湖造田，金子样的芦苇、银子般的芦花，统统毁得干净。往常，到秋天谁家不编芦席，成卷的席子用船运到湖东，收入不少！为这，不少人骂元元不得好死，毁了芦滩，造那么多西瓜田。

那时我顶多八岁。夏天和一帮小弟兄跳进古运河，等有货船过去，就像蚂蟥般吸在船帮，船主要是发觉，用开水来浇，我们只好游开；没发觉，在纤夫的吭唷声中往东三四里，就进了太湖。这里的瓜田叫一条宽宽的石堤围住。与湖岸同一小桥相接，看瓜的霸住桥头，寻常人还怎么偷？我们由湖里上堤，在瓜田里让肚皮撑得比西瓜还圆，而后半圆的瓜皮套在头上，光着屁股在堤上排成一长串高喊“八格牙路”。等看瓜的提着棍子过来，我们早在水里消失了踪影。只有一回中了埋伏，叫人捉住时，我哭着喊一声：“元元是我叔叔！”果真获救。

但是我恨元元的老子福根。好几回我躺在街上同奶奶撒泼时，他就捏着一把尖刀出现，说要让我见识见识他的厉害，样子蛮凶。却是那把刀，让他在镇上吃得开，特别他同当官的混得活像亲戚。他吃饭的行当是杀猪卖肉，你说，那年头猪不能随便养，更不能瞎杀，谁吃肉不要认那把屠刀？海军来招兵，全镇就去元元一个，这不明摆出福根的力道！自有人眼热：不就靠着把猪心猪肺都送到头头家里去了。但后来，竟有大红喜报寄了回来，福根把喜报往肉案后的墙上一贴，也就没人作声：这是真家伙，总不能说福根把猪下水送到部队去吧，人家海军里红烧肉鸡大腿随便吃，在乎他？

元元复员时穿回的制服很叫人失望一时，原来海军的衣裳已变得同陆军一个样式，而且灰乎乎的。虽说军衣上只有两个胸兜，回来还是当了营长，有说是靠那立功喜报，也有说靠杀猪刀。怎样立的功？常常有人问起，元元总是笑而不说，终于谦虚不成了，竟说出一个好听的故事："那是我们兵舰在海上同越南的美国鬼子开仗，一个大鼻子跳到海里想逃命，我一个猛子扎过去，追了十来里路远，终于抓了回来。"有人疑问："元元，不不，营长，你那点儿水性我们还不知道？怎么能游十来里，回来又是一倍。游给我们看看。"元元恼了："我们海军成天吃红烧肉是白吃的？那游水的本事是海军学校里专门教的，属军事机密，你胆敢怀疑我还是怀疑人民海军？"

于是我们不敢再怀疑。接下来就野掉了，问些譬如洋鬼子是不是娘子军，由海里抓出来时是不是光着屁股，到这里，元元对边上我们几个小孩儿说："你们几个，去镇西头看看有没有乡下人摆东西卖，等一等再讲一个好听的。"等我们跑一圈回来，围着他的那帮民兵齐在说："真想不到营长你有这么好的水性，要是特务潜水来太湖破坏学大寨，你一个猛子过去，哪里逃！"

靠着水边有这样的人当营长，镇上人还有什么理由不放心。一时传得元元很神，虽说没人见他游过十多里远，真人不露相的道理大家还是明白的。镇上书记的女儿也就嫁了他。

我很敬重他。和别的小孩打架打输时，提"元元是我亲戚"，肯定把对手吓跑。有一回我家请元元吃夜饭，也有点儿拍马屁的意思。小孩上不得桌子，我只好在里屋弹玻璃弹子，不想弹到床下，寻半天寻不见。忽然想到了元元，就跑到堂屋拉他帮我寻找。一桌人很诧异，都要斥责我，我马上争辩："我们老师说了，解放军叔叔的眼睛最亮。"我这样想："虽说元元不再是解放军，但终究是过，眼睛的亮度不会变吧？"果然元元放下手中的筷子，钻到了那床下，呼哧呼哧折腾了半天，终于叫出一声："寻着了。"看他爬出来，满脸满身都是灰尘蜘蛛网。他冒出一句："叔叔不光是解放军，还是海军。"于是我看到了他身上的那件海魂衫。那汗衫和别人的不同，没有"上海制造"一类的字样，且领口有牛筋带，纯正的军用品。当时军用解放帽都是满世界抢的宝贝，这海军衣服也就更叫人眼馋。

西瓜田造成后，骂元元的人为寻不出合适的语句而苦恼。原先最恶毒的语句：到太湖里淹死。这话有什么用？大海里元元都能一口气游出十几里呢。虽说再没有别人去过海边，但电影里常见，什么什么人高呼一声"万岁"就义之后，就有一个海浪扑到石头上。那是什么劲头儿？太湖那点儿风浪，能够算上孙子辈就烧高香了。

事情出在西瓜田造好的第三年春天，先是桃花雨，又来黄梅雨，都是大得吓人，竟把瓜田淹了。元元带了他的虾兵蟹将一连几日在湖边抗洪救灾。救几天，也就平安无事了。镇上书记赶到了湖边，说县里省里马上来人参观，还有记者拍照登在报纸上去教育全国人民，赶紧要竖一块石头碑，写上“人定胜天”。

石头还在湖心的一个岛上。元元问有谁跟他下湖，一人掌舵一人摇橹。好久不听别人回音。他终于有点儿发火：“你去，你不是预备党员吗？”被点到的是他的也是我的远房亲戚方大。方大不服气：“你看西边黑了那么一大块，肯定要起大风。你自然不怕，一身好水性，我呢？”元元张了张嘴巴，像杨子荣那样把右臂一挥：“你方大这副身坯给美国人做馅还嫌小，那高鼻头我都拖着游那么远，在乎你这点儿分量？走！”

那时我的班主任很积极，带了十来个小学生在湖边唱歌宣传。因我是元元的亲戚，自然少不了我，因而我目睹了这一颇为激动人心的场景。可是早上开船，到天黑还不见元元的船回来。渐渐叫人不放心，刮了一下午的大风哩！吃过晚饭大家都在湖堤上聊天候着，做出各种猜测。忽然有人见水面游来两个人头，齐看，头一个出水的正是方大，另一人在水里蹲着，二人都只剩一条破烂的裤头。“元元，元元”，有人喊方大脚下的那位，那人只好呆呆地立起，竟然是个女的，把众人吓呆。方大和那姑娘浑身滴着水，痴人一样立着。

元元呢？有人在方大人中狠掐了一下。这小子才像醒了过来，放开喉咙，恶狠狠地骂元元这王八蛋不是东西。

原来，驾船回来的途中，遇上风倒也没算什么，偏偏看到一个姑娘撑只小船在漩涡中团团打转，有翻的意思。刚过去救，不想两船相撞，都沉了。好在三人抓住了一块木板，大家游一会儿，正觉得乏劲，元元说他先游回来叫人，竟兀自走了。

“妈的把我俩扔下。你们看这块烂木板，刚刚能撑住两个人的分量，算是捡了两条命。元元呢？老子找他算账！”方大眼中现出凶光。

大家这才想起找元元。多少条木船又进了湖中，本叫方大领路，他骂骂咧咧死活不肯上船。一直寻找到天亮，总算寻到了那只沉船，元元的尸体竟在这里！蹊跷的是，他的右手被海魂衫牢牢地拴在沉船的桅杆上。那桅杆的顶端在水下不深处，海魂衫余出部分浮在清清的水中。当时我在远处的一只船上，看得不甚清楚，等尸体捞出时，就不敢看了。现在想起，那汗衫在水中一晃一晃的，活像一面飘扬的旗帜。

后来，镇上书记做主把女婿的尸体埋在了“人定胜天”的石碑下，那石碑果真上了报纸，不过印出来黑乎乎的基本看不清。而元元的奇死，给湖边的百姓留下各种假设：这小子作孽多，阎王爷总算有觉悟。造田占去不少水域，叫龙王收拾了。不要说这是迷信，一九三几年大旱时，湖里可走独轮车，到处能见石板铺成的街道，那是什么道理？如此云云。总之那么好的水性也让淹死了，就是天意。只有方大，说是因为元元在水中扔下他，所以得了报应。方大后来同那共过患难的姑娘成了一家，也就不骂元元了。人都死了，原谅他吧。

那个可怕可恨的老福根，竟疯了。当时的我很高兴，和一帮小孩老跟在他屁股后头起哄，等我们不再是小孩儿，又一帮小孩儿接替了我们。

十多年后，我成了一名海军军官，一次偶然的会议上，和一位上校提到了元元。那上校说："记得记得，名字同女孩一样，虽说当海军，没见过海，那时候跟我在山西打山洞，立过功，是你们那儿的人。"一时我糊涂，不知两个元元是否同一人。

元元的水性和元元的奇死在小镇已构成一个成熟的传说，常有人把它说出来派些用场。倒是他的老婆改嫁前给老福根生的一个孙子，现在很有些出息。还不到二十岁，承包了他老子造的西瓜田，卖瓜，还卖瓜子。用他的瓜子做成的"傻子瓜子""胡大瓜子"卖到了第一世界、第二世界、第三世界。

只是，没有他水兵老子那么好的水性，肯定没有。

水 兵

古运河出我老家的那个小镇，南行五六十里便到这个江南小城。河水进了市区反倒阔了许多，也慢了许多。河滩本不稀奇，在乡下只有聚集坟墩、安顿死鬼的份儿，进城却变成了宝贝。滩上把围墙一拉再挂上个木牌，就叫作“运河公园”，还摆出些最新研制出的历代古迹。小伙姑娘要寻地方约会，先得在公园门口买票。水道上南来北往的船帆免费看去不少新鲜。

我高中三年就在这城里上的。三年寒窗，两耳不闻窗外事一心只为高考忙，从未进过公园的大门。多少回看见男女们勾肩搭背进进出出，却无暇嫉妒。一九八〇年八月的最后几天，我才头一趟去运河公园。

那天天气很好。我和皮皮约好去河边照相，相机的光圈定在8，快门 1/125。其时我俩都拿到了大学录取通知书，我是海军工程学院，他是上海交大。这小子说话气人："小鬼，到队伍上要好好干。我大学毕业了造个新式军舰给你开。"我肯服？说："你牛皮什么，我学的也是造船专业，我们海军自己能造。"他翻翻白眼作潇洒状："这很好。那我设计你造吧！"

有治他的时候。我从小三子那儿借来一套水兵服，小三子是我老师的儿子，也在海工学习，现正在家过暑假。那时候学员都是发水兵服。皮皮把衣服翻翻说："这很好，照相时我也穿穿。"给你穿？我肚里冷笑。你不是比海军牛吗？老子明朝出门就穿在身上，你还能让我剥下来？眼热眼热吧。那会儿陆军空军的服装式样还属于红军风格，也就海军的水兵服讨人喜欢，有顺口溜说"朴素的陆军威武的空军漂亮的海军"，可见一斑。

早上临出门，母亲叫住我，拿出一件真丝短袖衬衫："原想留着你走的时候再穿，既要照相就提前吧。"我有点儿来气，这衬衫半年前就买了，是一个亲戚从香港带来的，母亲一直藏着说考上大学再给我穿。我对衬衫稍作深情状，说："还是留给弟弟努力吧。海校里要穿军装，里面都是海魂衫。"母亲张着嘴巴半天没有声音，终于说："那今天一定要穿了。离报到还有个把礼拜，就穿个新鲜吧。”我看看刚拿出挎包的水兵服，叹口气说：“今天我是穿军装照相。”母亲更加着急：“那到公园换上它照几张吧。”我想那还行？脱下水兵服不是正好让皮皮钻个空子？再看看母亲那双眼睛，我也就不说什么，接过来装进了挎包。至于后来弟弟没有考上大学，并不能因此怪我。

走到街上，像预料并希望的那样，有许多目光落到身上，浑身马上很不自在，衣服里似埋伏不少针尖麦芒。一切都因为这水兵服。我穿它，我却不是水兵，说我冒充水兵，可我将要变成水兵。我知道穿这水兵服不合规矩，可我觉得自己总有几分道理。只是害怕碰上熟人，这一害怕，竟觉得路上遇到的面孔大多似曾相识，是不是认识却横竖想不起来。于是就越加心虚，只想赶快走进公园。都说公园里非军人穿军装照相的时常可见，什么国民党军、东洋人的黄皮子，钢盔也冷不丁露一下面。比比，我这身水兵服只有理由穿，没理由不穿。

也就是离公园大门几十步远处，我已瞪大眼睛寻皮皮，这家伙说好在门口等我却不见踪影。忽听一声喊：“喂，过来。”我循声扭动脖子，见树荫下立着两个海军，一个穿水兵服，一个是戴大檐帽的军官。我知道他们看错人了。这两人也是，穿水兵服就认作熟人，不等于看见白胡子就叫“爷爷”？我倒是好心，不想让他俩尴尬，佯装没有听见快步走开，好让他们自己觉悟。可刚走出几步，又听到一声怒吼："站住，你还想跑?！"

我吓一跳，呆着想不出自己哪儿惹了他俩，想不出又越加着急。细看二人臂上都箍有一道红布，才想起城外四十里处有一海军的机场，此二人是纠察无疑。莫非，他们发现我这个水兵是冒充的？这问题是什么性质，严重不严重，我吃不清楚。只好老老实实硬着头皮过去。

"你是哪个单位的？"

哪个单位？我也只能说出海校的名字。

"哦，"那军官口气稍稍缓和，"把帽子摘下。你自己看看，头发这么长，哪像个兵？"

我想自己看看，可看不见自己的头发，只能把目光落在他俩的头上，二人果然头发不比和尚多多少。我可不知道当兵在头发上还有个规矩，赶紧说："我不……"本想说我不知道，马上觉得这无疑自我暴露，赶紧改口："我不是有意的。"

"不是有意的？"两人沉吟，像在努力理解这话的含义。忽然那水兵愤愤道："你们学校也太不像话了，这样子还培养军官呢？"好像海校校长归他管："把你的名字告诉我们。"我马上紧张了。人还没去报到，状倒先告去了。这学校再稀里糊涂追查，不是要出洋相？急中生智，我扯出了皮皮的名字。那水兵还真用心，一笔一画记下来。我暗暗得意，迈步要走，却又是一声："站住。"

我又紧张了：要是发现我欺骗他们，二人岂能善罢甘休？这苦头吃定了。

水兵从身后拿出一只木盒，盒里掏出一把理发推子。他指指路边花坛的水泥墩："坐下，我给你理发。"

我开始感动，真难为这一片热情。可我哪敢在这儿长待：皮皮在公园门口等得着急事小，万一有个熟人过来让我露出马脚，怎样收场？我连连谢绝："不好意思麻烦你们了，你们的心意我领了。这么热的天……"

"少油嘴滑舌！你老老实实把头发剃掉。"

我这才知道这理发是什么意思！哪里还敢动，老老实实坐下垂首恭候。觉得有些窝囊，但很快就想开了：反正穿上军服就得有这么一下，迟早不都是一样。嘿，还不一样。全院进去那么多新兵，这样剃头我要算头一个吧。只是担心叫熟人看见面孔，把脑瓜压得低低，叫掌推子的手腕和我的脖子费去不少精神。

好不容易熬到进公园大门，皮皮正贼头贼脑地盯着我，半天，阴阳怪气说："哟——都说海军伙食好，一吃就胖。想不到你刚穿上水兵服还没尝那伙食，脸上也胖了不少。"

这小子，头发剃了能不显脸胖吗？我看看他吹得油光闪亮的一头长发，友好地说："我们兄弟俩谁也不吃亏，这军服回来时你穿。"

"谢天谢地，我刚才都看到了。我要留你那样的秃头，到上海进了大学，怎么去外滩？”

“我也是好心，让你穿上也胖一下。看你瘦得皮包骨头的。”我真希望把他的眉毛也刮了。

话这么说，两人还是转了许多地方，照了许多相。而后在河边的太湖石假山上坐下，观摩河里小舟上一对对情侣如何恋爱。皮皮人小，见识却不少，稍加审视便给我讲解：这一对是谈“利害”，这一对是谈“怜爱”云云。

眼看着一对男女本在舱里待得好好的，却也要照相。女的作妩媚状亭亭玉立于船尖，男的端相机蹲在船尾。那男的转转镜头说了句：“还太近。”女的就扑通一下跌进了水里。

运河里船上掉人落水是常事。再说正是夏日，只听得一片“救命”声，却不见人下水。我正蹊跷着，忽然觉得不对：所有人的眼睛都在盯我、催我。

我这才注意到这身水兵服。

是啊，我这个水兵还不下去，谁下？可我虽说在运河边长大，也能在水中游来游去，顶多会个“狗刨式”吧，水中救人可不会。再加上这几年拼着性命为高考，体质变得很弱。常有这样的事，水里救人反让被救的抱住，一道沉入水底。好不容易考上大学，可别弄出个三长两短……

众人依旧在喊，且呼声阵阵急。我不能不动身了，这不仅仅是朝我呼救，也是向水兵呼救。谁让我穿这一身水兵服呢？已不容多想，我马上蹦入水中。

我很快游到那女的身边。她正在水里一冒一沉地扑腾，我一伸手，她就抓住，接着把我拦腰死死抱紧。我马上咽了两口脏水，想弄开她的双手，竟死活拗她不过。这回完了，我张口要喊“救命”，未出声又是两口脏水。这后两口比刚才味道还浓，呛得我喘气困难。

多亏了这一呛，引出了我的思路：这水面一扑腾，河底的存货就上升，可见河水不深。于是我定下神来，竖直身子朝河底探去——嘿，触到底了，半个脑袋在水上，水面在两个鼻孔处上下波动。事后想想能寻到这一条活路，首先要“感谢”运河两岸致力于环境污染事业的工厂。工业垃圾被倒入河中顺水南下，到这儿河面宽水速小，偷懒的都顺势在河底集结，也就义务垫高了河床。

我抱着那姑娘朝岸边走去。等整个脑袋露出水面，便听到喝彩声：“啧啧！到底是海军，在河里踩水如走平地，还带着人呢！”走着，我浑身很不自在。这姑娘穿得本来就很凉快，在水中这一番折腾，凉快的模样早已超过了我们的想象。我刚刚十七岁，哪里经受过这些？

我赶紧要松开双臂，却听耳边一声喊：“抱紧抱紧千万别松手。”我扭头看，正是刚才在船尾端相机的家伙划着船焦急地追在身后。我来了一肚子气：你还挺慷慨的！我可受不住这番盛情。可再也不敢松手，闭着眼咬着牙一口气走到岸上。

早有人叫来了门口纠察的两位，说一定要部队领导好好表扬一番。二人连连点头，已现出要和我长期合作的模样。我又紧张起来，用目光向皮皮求救。皮皮也就这一回做事像个人样，二话不说端起相机朝那姑娘“嚓咯”一下，又朝我“嚓咯”一下，而后说：“我是报社的。”马上有人说：“那一定要好好宣传。你可是都看见了呀。”

“那当然那当然。”皮皮点点头，又朝两位海军，“你们看我先找他谈还是你们先谈？”两位赶紧说：“记者同志你先请。”

“这很好。”皮皮指指假山边的小树林，“咱们去那边，不受干扰。”走几步又回头：“你们不要跟着，先去关心一下那女同志。”

到没人处，皮皮把嘴一撇：“怎么连救人也不会？一把抓住她头发朝岸上拖就是了，就像我们抓兔子要拎耳朵，咳……”

我正在换穿那件真丝衬衫，一听火冒三丈：“放你的狗屁，你为什么不去？”

皮皮一脸尴尬：“哎，我等着你喊‘救命’呢——不过，你这头发还没法儿抓……”

我真想给他两个嘴巴子，忽听树林外有人说：“咦，这两人哪儿去了，会不会去厕所换衣服了？”皮皮一下来了精神：“还不快走！”我只好暂时老实，跟着他仓皇而去。

理　发

老周转业到地方已有三个年头了。三年里，每到理发的时候，他都要忍受老婆没完没了的唠叨。全是为了他头上的发型。不到一寸的短发，从当兵起他就是这样理的，在脑袋上站立了快二十年了，现在已站出几根花白的。老婆偏要叫他变一变，留个长发，再吹一吹风。说是要跟得上时代，别整天工农干部似的。说归说，每次她还得老老实实拿起推子，像随军以前收拾麦茬那样把丈夫的头发收拾好。有时，老周都觉得好笑："嫌我工农干部，当初人的最高理想还不就是当工人吗？现在跟我扯起时代不时代来了。"

老周不肯改掉那个短发，倒不是不忘本或者不想跟时代，没想那么复杂。他班长、排长、连长一直到营长，工作的主要内容之一就是捏一把推子，嚓嚓嚓要给战士们理平头。还记得有个新兵不愿意理，从一楼的窗户飞身而出。光给他们讲军容风纪条令要求自然不够，老周费了不少心思，还说出了这短发如何如何好看。说着说着，心里想想还真是那么回事，理出那么多好处，转眼自己倒变了？虽说战士们看不见，自己总觉得不厚道。

“短发好呀，你看那个日本的杜丘[1]，都说是一条汉子。”有闲心时，老周逗她一逗。

“拉倒吧。人家脸上是一道一道肌肉，你呢……”

老周生气似的绷起胖脸，不再理她。你爱说什么就尽管说什么，只要不误了给他倒洗脚水，不误了给他晚饭温二两，尽管说。当然，老婆不敢误了给老周理短发。

不觉到了结婚二十周年，金银铜铁，老周也弄不清是哪个婚。二十年前的时光让他胖脸泛红。想了好几天，觉得要让老婆惊喜一下有难度，终于咬咬牙说：“我要留长发了，给我吹一吹。”

老婆张大嘴巴呆了好半天，等发现这老东西确实不是捉弄她时，满脸绽开了花。其实老周给她出了个难题，他头发是该理了，也只是比平头长一些，就是加化肥，也长不到能吹的地步。

---

① 杜丘：二十世纪七十年代日本经典电影《追捕》的主人公，由高仓健饰演。

可老婆顾不了那么多，她要的是政策。连着好几天，拿儿子的铅笔头在纸上画来画去，说是设计发型呢。老周等得没耐心了，催了几次，说：“头上痒死了，还不快理。”老婆说：“别急别急，趁长势不错，再坚持几天。”

老周没办法，看看她画的发型，也看不明白，问：“那个方框，麻将豆子上五点一面的是什么？”

“你的脸呀。”老婆深情地说。

老周心有灵犀一点通，明白了那个方框上的五点是他脸上的眉毛眼睛嘴。

终于，老婆拿起了推子，在他头上细细修理着，还不时瞄一眼那纸上的图样。老周叹口气：“你应该放个大样才好呢！”

说归说，接过镜子，他不能不赞叹老婆的手艺，不长的头发还真弄出了一波三折，像那么回事。老婆说是“乘风破浪式”。

老婆不认识似的盯他看半天，接着过来继续修理起来。忽然，老周觉得有些不对头，忙看镜子，竟发现又变成了小平头，惊呼：“你这是搞什么名堂？”

老婆也吃了一惊，看看他的脑袋，眼角有些发亮：“我也不知怎么回事，光想着咋不见了我的老周……”

锚　地

那时候我在虎门炮台体验生活，就是林则徐销烟的那个地方。部队在山上有个招待所，上下山不便，但是安静，是个写东西的好地方。窗下正对着珠江入海口，左边海右边江，满目好景致。

有一段时间，就我一个人住在山上。下山吃完晚饭，我就在海边漫步，到天黑再回去。忽然，留神到一件蹊跷事：每当我上山时，就有一位四十岁左右的妇女迎面下来，天天如此。我就有些上心：我在山上时并没见有人，肯定是我下山后她才上去的。她是干什么的？从衣着看不像本地人。她到山上去干什么？偏偏要在我不在的时候上去？！

随之，就来了点儿警惕心。这天晚饭我没有下山去吃，待在房间里吃方便面。果然，我的推断没错，她又从山下上来了，还正是进了我们这个小院子，紧接着又上了楼梯，一直走到二楼我房间门口的外走廊上。这下，我还真有点儿紧张了，她到底要干什么？

她静静地站立着，向远处海面眺望。稍一会儿，她从手提包中掏出一个望远镜，举到了眼前。

她在看什么？我马上想到，不远处的海面上，驱逐舰支队正在进行锚训。

锚训是舰艇部队的一种训练方法，就是军舰驶离码头，在离海岸不远处抛锚训练，舰上的人可以看见陆地，却不能上岸，一训就是一两个月。

这位妇女难道要从望远镜中看出点儿什么情报？可想想也不对，训练一般是在白天，到晚上，舰上也就是文体活动，有什么可看的？不过，也不能掉以轻心。我决定先稳住，不怕她明天不来。

第二天一早，我特意赶到部队保卫科，找到保卫干事小刘。小刘是个文学爱好者，我刚来时，想去基层和战士们吹吹牛，他自告奋勇带队。谁料想兵找了一大批，都一个个面色严峻。直到有一回，一个新兵见我就掉泪："首长，我确实什么坏事也没干。"这才弄清楚，部队出了个案子，小刘是专案组的骨干，他白天替案子找人，晚上替我找人。我赶紧让他开路了。现在，他还好像对我有意见，一听我说情况，就笑着夸我警惕性高，我一看就知道笑得不地道。果然他又说："山脚古炮台上有旅游点，那儿看海景的望远镜是高倍的，你知道香港那边为什么没人敢随地小便了？就因为那玩意儿在那儿架着。哪有这样的特务，舍不得去那儿花几毛钱，还费半天劲爬到你那山上去？"

他的话确实有道理，但我心中的疑团还是没有消。当天晚上，我依旧待在房内，非看看事态朝什么方向发展不可。

还真的又来了。我看着她和昨天一样，看了一会儿，也没什么新内容，就有些耐不住了。觉得要是对方真的不是坏人，我老是这样偷偷看有点儿不地道。正犹豫着，没想到事态发展了。

她放下望远镜，伸开双臂在空中比画起来。

这是干什么？但我很快就发现，她使用的是海军的旗语，只是手中没有信号旗。我边看着她的手势，边翻译是什么意思。她用词断断续续，还尽是最常用的，却又看不明白，有点儿"密电码"的味道。好不容易，在其中我看懂了一句："舱里机组正常。"

这有什么意图？这信号发给谁看？而且，说的是关于我们的军舰！忍不住，我开门出去了。

她像是有点儿吃惊，却没有我想象的那种惊慌，倒是有点儿不好意思。但是，并没有中止她手中的动作。我站了一会儿，反倒觉得自己老这样待着不太自然，就下山了。

再找到小刘，我正要把新情况和他通报，他倒先开口说：“怎么，警惕性还挺高？实话跟你说吧，你说的情况我早就知道了。”

他这才告诉我，那妇女原来是太行山号导弹驱逐舰舰长老周的妻子。她是从东北老家赶来探亲的，没想到她正走在路上，而部队临时决定锚训，和丈夫就因为差一天，没能说上话。夫妻两个只能隔着这不远的几海里看个影子。她就在山下的来队家属招待所住着，明知道丈夫这次训练得五十天，在她的这个假期无法回来，可她宁愿这样住着。“我上军校前就在老周手下当信号兵，你小子，怀疑到我嫂子头上了。”

“怀疑这怀疑那，还不是你们的职业病。”我没好气，再想想，有一点不明白，“舰长不是可以让家属随军吗？”

“是呀，道理上是这么说，可舰长家就他这个独子，两个老人都有病，她要是一来南方，家里怎么弄？”

我不再说什么，就把打旗语的事给他说了，他听了，叹口气：“那还用问，给她老公通话呗，也真是呀，说不上话，人家打打手势，还不行吗？前几天，她才从我这儿找了本旗语教材，没想到这么快就会了！”

我也感慨，想起了一句信天游：“咱拉不上话话对首歌。”唱的是情哥哥情妹妹在两个山头对歌，可眼前这老哥哥老妹妹，只能是“拉不上话话挥挥手”了。

可是，她的旗语是怎么打的？按理，她用的都是最常用的语句，量又小，在这几天里学会也不是太难，可她打的那些，我们一句都看不懂，她老公就能明白？我就把这些和小刘说了。他有些不相信，但还是不情愿地说：“咱们去看看。”

等我们赶到山上，天有些暗了。按照平常，她也该回去了，可今天却没有走的意思，依旧在挥舞着手臂，也依旧是我们看不懂。不过，我又找出一句看懂了却不明白什么意思的：“六八八升梯正常。”

她见我们过去，又是有些不好意思了，但没有停止自己的动作。小刘不干了：“怎么，嫂子，光想老公就不认识我了？”

她这才停下来。

她对我抱歉地点点头：“对不起，这几天打扰你了……也没别的办法，也就这儿能看见那边。”

“就这儿。”我们俩都有些不明白。小刘伸着脑袋张望了一下，一拍大腿，“我说呢，从山下看，太行山号正好叫松花江号挡住了。”

我赶紧表明态度说：“嫂子，没事，一点儿也不打扰，以后你什么时候想来，尽管来。”

她笑了笑：“不用了，明天我就要走了……”

“明天？”我们一愣，“不是说要住一阵子的吗？”

她说："家里来了电报，说他爸的身体又……"

我们俩一怔，一下子想不出说什么好。过了一会儿，我才反应过来："那那……你跟舰长的话……挥完了没有？"这个"挥"字用得勉强。

她又笑了笑："怎么说呢？要说，哪有个完？只是还没告诉他我就要走，总想拖到最后，让他晚知道一会儿……"

我看看天已变黑，她怎么挥那边也看不见了，就非常不安："都怪我们，这一打岔，害得你们……"

她连忙阻止："别这么说。这么多年，没打声招呼就分手也不是一回两回了。"

听到这些，我更不知说什么好了，就问："大嫂，明天你什么时候的车？"

"中午。"

"那你明天上午来这儿再挥呗！"

她摇摇头："那不行，训练时间我万万不能影响他。每天，我总是在晚饭后才来看他，看他在舰尾指挥全舰降下信号旗，再看着他走上舷边……"

好一阵沉寂，只听到山下的潮声阵阵传来。

她觉察到我们的难堪，诚恳地说："真的，你们不要上心。小刘知道，这信号旗的打法我也刚学了个皮毛，因为要急着走，就胡乱用上了，再多的话也没法儿说了。”

我觉得她说的也在理，不单是为了安慰我们，我就顺势问：“好些旗语，我们都看不明白，舰长他……”

她把脸扭向海中，看着那边：“他会看懂的……”

我不甘心：“那‘舱里机组正常’是什么意思？”

她笑了：“是场里的鸡和猪产量都增长了。”

原来如此，我有点儿想笑，但丝毫笑不出来。再问：“那‘六八八升梯正常’呢？”

她说：“就是他老爸爸的身体在好转……”

原来如此！想必这些都是舰长最关心的，他怎么能看不懂呢？这些，不知道她费了多少心思才琢磨出来的。我又不明白了：“不是来电报说他爸爸身体……”

“有我在，不要他分心！”她这句话说得很果断。

我心里一热。就在这时，对面山上的信号灯亮了。对，信号灯！我一下子兴奋起来，大声对小刘说：“伙计，快拿手电来！”

小刘也明白了，马上用随身的对讲机通知通信员，让他跑步送来了手电。

小刘举起手电，朝着大嫂说：“我用这个给你发信号，有什么话就都说出来。”

“能行？”大嫂脸上露出了惊喜。

“和挥旗一样！”

就这样，那只手电以一个水兵妻子的口吻，向大海诉说起来。

很快，太行山号舰上也闪起了手电光。

“他看到了！”她兴奋起来。

我们也为这一对老哥哥老嫂子高兴。

就在这时，其他的军舰上，亮起了一点又一点的手电光，都是朝这边回信号。我傻眼了：“坏了，都以为自己的家属来了！”

大嫂也愣住了，连说“这怎么好”。

小刘说：“都乱点什么鸳鸯谱，我马上说明一下，让他们别瞎起哄。”

不料大嫂拦住：“别……”

“怎么？”

“……只要他们能看懂，就让他们都看吧。”

海面上一片繁星依旧在眨着眼睛，看样子，是都看懂了。

白丁香

昨天已越来越遥远……
有没有那么一首歌，
会让你轻轻跟着和？
牵动我们共同过去，
记忆它不会沉默。
——题记，摘自《有没有那么一首歌》

一

一九八五年，北京的春天比往年冷得多，四月了，海军总医院的病区还供着暖。

下班的时候，刚走到病区门口，韦护士匆匆从走廊里追来，把我拽到一边，悄声说："08－1床看样子今晚要不行了。"

果然！我心里一阵呻吟，担心的事终于发生了。

韦护士拍了我一下："听着，晚上病区任何人打电话叫你，你都不要过来。"

"为……为什么？"我几分狐疑，几分惊讶。

"咳！"韦护士恨铁不成钢似的看了我一眼，顿了顿说，"我是担心……有不少病人快不行的时候，会提出见他们想见的护士，有时还会出现不可预料的情况……像你这样，军校还没毕业，在实习期，万一有个什么，对你不好！"

我心口狂跳了几下，有些气短。韦护士又拎了一下我的耳朵："听清楚了没有！"

我点了点头，韦护士不放心地看了我一眼，又匆匆回病区了。

直到出了病房大楼，一阵冷风过来，让我缓过神来。回望这青砖砌成的五层病房大楼，08—1床与我相识的情景，慢慢在我眼前出现。

二

那是一个月前，我刚从小儿科轮转到骨科实习。带我的老师就是韦护士。有天她带着我值小夜班，大概七点多钟，我俩正在对医嘱，忽然有个病号慌忙跑过来：“不好了，江川在电视室摔倒了。”

韦护士脸色遽变，放下医嘱夹，匆匆奔向病区门口，我也跟着小跑过去。

电视室在病区门口，是骨科和对面普外科合用。冲进去就看到那个叫江川的病号仰倒在地上，一看就是个小战士，圆圆脸。他吃力地想起身，一架轮椅，也翻倒在地。

韦护士极快地按住地上那个病号：“别动！”接着熟练地把住他的右小腿：“上次骨折是这儿吧？”

江川点点头。

“疼不？”韦护士捏了一下。

他摇摇头说：“不疼。”还憨憨地笑了一下。

韦护士吁了口气，直起身抹了抹鼻尖的汗珠，回头问其他病号：“怎么回事？”

有个病号说：“不关我们的事，我们正在看北京电视台的电视剧，他非要看中央电视台的天气预报。自己去拧频道，轮椅侧翻了。”

韦护士气呼呼地把电视关了。几个病号无趣地走了。

韦护士急切地问在地上挣扎起身的江川：“你知道多危险吗？你的腿要是再骨折一次，我们要担多大责任不说，你又要打多少天石膏？你上次骨折是我当护士以来遇到恢复最难的一个！叫你不要乱跑，你偏不听！”

江川抬头看了她一眼，又垂下眼皮，我发现他脸红了。

“今天，你必须检讨一下自己的错误！”

江川小声争辩：“我想看电视没错，我是想……”

“别扯那么多理由。”韦护士喘几口粗气，“你认不认错？”

江川不吱声，挣扎着又要起身了。

“那好，你要是不认错，就这么耗着！”

江川停止了挣扎，把脸别了过去。我能看到他胸脯起伏，在喘着粗气，脸上的红晕已扩展到了脖子。

我心中不忍，赶紧过去挽住他的胳膊，用力朝上拽。他一愣，眼中掠过一丝感激，马上配合一使劲儿，起身了！韦护士也伸手扶住黑色的轮椅，拉他坐了上去。

江川冲着我轻声说：“谢谢。”

我看到他眼角亮亮的，心中一酸，闪开了眼神，等回过神来，他已经双手拨动轮子，冲出电视室，快速朝病区走廊驶去。

“给我慢点儿，注意安全。”韦护士在后面追着喊了一声，江川似乎没有听到，速度更快了。

“真不让人省心！”韦护士说。

回到护士站，我问：“老师，你今天怎么这么急？”我来病区这几天看到的韦护士，对病号可好了。

“你不知道，他因为骨折来住了院，可住了几个月，骨头老是长不好，多少医院来会诊，想了不少办法，才勉强长好了。”

我翻开 08—1 床的病历夹：“江川——骨癌晚期呀？”难怪！08 病房是靠近护士站的单间，只有危重病人才会住进去。

“是呀，分析他的伤情时，专家们才发现他得了骨癌，腿上有些部位骨头脆得像鸡蛋壳。你说我能不着急吗？”

我一阵后怕，幸好刚才没有摔坏，我马上理解了韦护士的一片苦心。

上完小夜班后，我第二天上的是“七三班”，也就是上午七点到下午三点。收温度计时，我故意最后一个到 08 病房。江川把体温计递给我，转身对我说：“许护士，谢谢你。”

我愣了一下。我们这帮护校的学员还在实习期，一般病号都叫我们“同学”，不会有人注意我们姓名。我来不及多想，边登记他的体温，边说：“这有什么好谢的？谁见人倒地上会不扶？”

他说：“韦护士不就不肯扶我吗？”

我有些为韦护士不平：“她是真不扶你吗？你没看把她急的！”

他不好意思了：“也是。”

我有些不解：“人家都要看电视剧，你偏要看那天气预报，那有啥好看的？”

他迟疑了片刻，说："我是看我们部队那边的天气情况，刮风、下雨对军港兵都有影响。我就是防台风时雨滑摔伤的！"

原来是这样的，他在挂念他的部队！我好奇问道："军港兵？是干什么的？"

他憨笑了一下，侧过身去，从床头柜里拿出一本塑料皮的本子，本子里翻出一张黑白照片。

我接过一看，照片上一个水兵正在撇缆绳，虽说拍的是侧面，但一看就是他，不过我还是问了一句："是你？"因为照片上要比现在的他健壮。

他点点头，把双手张开："你看这左手手心、右手虎口的老茧！都是因为撇缆绳使劲磨出来的。"

我当然看到两手厚厚的茧子，更好奇了："军港兵就干撇缆绳这活儿？"

"我是在核潜艇码头当军港兵。核潜艇靠港时，我会从码头朝艇上撇缆绳。"边说，他把目光投向了窗外。

我脑海里浮现出他在码头上，朝缓缓驶近的核潜艇抛缆的那一瞬间。那应该是很神气的。核潜艇我没见过，肯定是很高很大。

他接着说："不过，我们的工作不仅仅是撇缆绳。潜艇靠岸，我们就是潜艇保姆，为它供电，还有各种气、各种水，有时还上艇巡查。"

“上艇？巡查？你上过核潜艇巡查吗？”

他没有接我话，坐了起来，吃力地用手把双腿挪到床边：“刚进医院的时候，虽然右腿打了石膏，还能拄拐下地走，现在两条腿都不行了。”坐稳后，他开始回答我：“是我们军港队长带着我上艇巡查。”接着，他用自豪的口吻说起了他的队长，说队长对军港上的各种设备比对上小学的儿子还要熟悉。有一次，核潜艇靠岸的第一天，发现供电量超过以往的一半，队长觉得不对劲，就带着他和另外两个兵上了艇。从下午查到夜里两点多，终于发现一根细电缆包皮被老鼠咬过，露出了线芯，引起了漏电，幸好口子小，没有发生事故。要不，那个口子磨损变大，远航时造成短路，后果不堪设想。

“原来军港兵这么重要！”

“那当然，要不怎么说军港是‘舰艇之家’呢。”

当海军两年多了，我还没见过大海呢！现在，我不由对遥远的大海，遥远的核潜艇军港产生了神往。对他的那位队长也产生了崇敬，甚至是崇拜。我不由脱口：“你们队长真了不起……你也了不起。”他孩子气的脸上出现了苹果红，有些羞涩。

我还想问些他们部队的新鲜事，韦护士在叫我了，我才反应过来，已在这儿待了十多分钟。

三

真没想到，不到一个星期，我就见到了传说中的那位军港队长。

这天上午，我负责下送[①]。到一楼通道，忽然听到有人争辩，隐约听到“江川”二字，不由回过身去，循声走了十来米，原来是在楼梯口，一位海军军官正在央求戴着红袖套负责把住楼梯的张大爷：“真的是特殊情况，我出差路过北京，下午三点的火车，只见江川一面就行！”

张大爷很严肃：“上午是治疗时间，要是有个无关人员进入病区，我又要挨批了！”

张大爷说的是实情。医院是禁止治疗时间进入病区探视的，特别今年抓得紧。去年底，因为治疗时间病区进入闲杂人，影响治疗，有人反映到医院，张大爷受到批评，还上过半天思想整顿班。说来不好意思，我也因为大夜班趴在护士站桌上打个盹儿，让巡查查个正着，挨了批，“有幸”参加了这个整顿班，还和张大爷同过半天学。

① 下送：当班护士将各种物品送到相应科室。

张大爷见我，马上慈祥地笑了："森森，下楼了？"

我笑着叫了声"爷爷"，而后问那个军官："你是江川一个部队的吗？"

那军官惊喜地看我："是是是，你认识江川呀？我是他的队长。"

啊，他就是江川说的那位队长。个子不高，皮肤黑黑的不怎么起眼，谁能一眼看出他有那么了不起。

我有些底气不足地对张大爷说："大爷，能不能……"

张大爷像凳子着了火似的跳了起来："小森森，你可别呀。"他忽然停住，想起什么似的："坏了，我忘了去门诊给老伴儿拿药了，麻烦你替我在这守几分钟行不？"

我赶紧点头："你去吧，我替你看着。"

张大爷刚走出去几秒钟，我赶忙对队长说："到四楼右拐，顺走廊到最后一排，十病区，08 房。"

队长感激地点了点头，又担心地看我一眼，马上快步跑上楼梯。

张大爷的药拿得真慢，二十分钟才回来。我回到病区，假装朝走廊尽头走去。路过 08 病房，从门口玻璃小窗瞥了一眼，看到队长拉着江川的右手，不停地说些什么。我又朝四周看看，医生、护士都在忙，没注意这里。我心神不宁，在走廊尽头拐进了更衣室，待了一会儿，回头再次来到那个窗口，又一瞥，不由一震：两个人紧紧拥抱着，看来是话别了！我鼻子一酸，赶紧走开，到病区门口等着。

果然，队长匆匆走来，我马上迎过去，送他下楼。

下楼时，我由衷地说："你们军港兵那个撇缆绳的样子真帅气。"

队长有些蒙："……喔，我们一般不撇缆绳呀。"

"啊？——不撇缆绳。"我一惊。

队长突然反应过来："哦，对了，你是在说江川吧？是这样，缆绳在码头上，一般情况下是艇上扔过来细绳，我们系在缆绳上，他们再把缆绳拉过去就是了。江川不一样，他直接把缆绳撇到了艇上。他感觉好，撇得很准，艇上的兵马上接了。"队长目光突然黯淡下来："可惜……去年夏天防台风，撇缆绳时，他把腿给摔断了。唉……"他沉重地摇了摇头。

我心里也变得沉重了："就因为撇缆绳？"

"就是啊。那次台风快来前，风急雨大，潜艇上甲板狭小，艇员站在上面很容易滑到海里，幸好他撇得准，就加快了系缆速度，也让艇员避免了危险，只是他自己摔伤了。我们核潜艇部队建起来没几年，许多做法是从普通舰艇学过来，再慢慢摸索改进。他的这个撇法，我想可以总结推广！"

怪不得江川那么关心天气预报！

回到护士站，我能看到那扇小窗，再想起他们拥抱的情景，心里空荡荡的。

四

第三天，我又是小夜班。收温度计，我依然把08房放到最后一个。走进病房，江川很兴奋地问我："见到我们队长啦？"

我点点头，强笑了一下。他对自己的病似乎从来不在乎。

"太谢谢你了。"他双目充满真挚。

我连说："没事，应该的。"其实我心虚得很，悄悄把队长放进来，万一让院里知道，非得挨批不可。不过，为这事受批也值。

忽然，他的神情有些复杂，他张了张嘴，终于鼓起勇气对我说："麻烦你件事，行不？"

"什……什么事？"我被他那副神情弄得紧张了，心悬起来。好像有天大的事呢。

"我这病，看样子医生也没办法了。"他说。

"不会的，医生不是刚请301医院的专家来会诊了吗？"我忙截住他的话头，其实我心里也明白，国内外对骨癌没什么好办法。也确实他病情一天不如一天。这么难治的病，我能帮上什么忙呢？

他突然压低了声音："前天，队长给我带来了个秘方，说是能治我这种病。"

我一阵惊喜："真的？"

"我也想试试看。"江川说。

"那当然要试试！"出于对他队长的信任和崇敬，我有信心，"抓紧呀！"

他急切地说："就是要抓紧。别的草药他都带来了，就缺一样药引子。"

"什么药引子？很珍贵吗？"

"这些药煮成汤，要伴着猪血吃。"

"猪血？食堂里不有的是吗，这有什么难的！"我诧异地看着他。

他叹了口气："是要热的鲜猪血！"

"鲜……鲜猪血！"我有点儿恶心。说实话，我从小就晕血，十岁时自己腿上划了小口子，流血都不敢看。就是现在，训练了快三年了，叫我给病人采耳血，还有点儿头晕。

他看我一副惊慌失措的样子，有些愧疚："算了，算了，这事让你去弄，也太难为你了。"

确实太难为了，我不解地问："你没有找你的主治医师吗？他应该想办法呀！"

他显得尴尬又无助："找了，他很生气，问我从哪儿弄来的方子，这药引子纯属胡扯！不过，他还是让中医科看了草药方子，中医科没说有用，只是说可以喝，没什么副作用。医生就同意让中医科给我熬汤药，但是坚决不允许我喝鲜猪血。我再求别人，谁也不肯帮我弄。咳，在这大城市，也确实很难弄到。”

“那你就先喝汤药吧！”我不知说什么好，怅然离开了病房，心情很复杂。按说，找鲜猪血来治这么难治的病，听起来确实荒唐，但是，这个方子是他的队长找来的，我就抱了一丝丝希望，万一，万一有用呢？江川太需要这个“万一”啦！

在护士站待着，我心神不宁。韦护士看出来了，问：“许淼淼，怎么回事，江川跟你说什么了？”

“没，没有……我肚子有些饿了，我下楼吃碗馄饨行不？”医院设有夜班食堂，是专门为我们夜班护士供应夜宵的。

“哦——去吧。”

我知道我这个谎撒得有些拙劣，但已经是超常发挥了。在韦护士的狐疑中，我匆匆下了楼。

我找到战士食堂。炊事班都在看电视，我把班长找出来，说了鲜猪血的事。班长是个老志愿兵，我山东老乡，他家属来队时，我们几个小老乡老到他家打牙祭。他说得倒很实在：“按说，我也不信这鲜猪血能治病，你是学医的，你觉得有希望救人一命，我们出点儿力没关系。”他回身把给养员叫了过来，问他能不能弄到鲜猪血。

给养员说医院的菜都是在甘家口菜市场买的，那儿有猪血，全是熟的血豆腐。

班长笑着用膝盖顶了一下他的屁股:“全是菜市场的吗?你不是老让四季青的菜农直接往这儿送菜吗?”

给养员一拍大腿:“还真是,怎没想到这呢!我去联系看看。”他马上转身上楼打电话去了。不一会儿,他回来,说:“妥了,有,不过要我们自己去取。”

“那当然。”班长说,少顷,他不相信地问给养员,“菜农家里有电话?”

也是,在我们部队只有师级领导干部宿舍才有电话,医院的科主任虽有电话,也只是内线分机,其他人员,都是楼道公用电话。

给养员得意地说:“他们村来这儿看病,都找我,要不他们怎么会直接送菜来,还比外面便宜好多!我找的村支书,村里的电话就在他家并着线,他说没问题。”班长又用膝盖顶了他一下:“你屁股上画眉毛,面子好大呀!”我听了想笑,给养员嚷嚷起来:“哪是我面子大,是咱们医院面子大。”

他转身对我说:“说正事儿,让早上五点半前到这个地方去取,是个肉联厂,到铁门口别进去,怕吓着你,喊一声刘师傅就行!”他边说边给我画了个图:“简单,顺着 336 路公交走,往西,过了空军总医院大门后,有条大河,过了桥,再往西全是菜地,第一个路口右拐,几十米就到了。”

我心里一阵狂跳，这么简单就解决了，希望就在眼前了！连忙说："谢谢，谢谢！"转身就走，心想赶紧去中药房借个盛中药的小热水壶，顺便问一下江川的中药早上几点能取，我可以取了一并送进去，到病房也不大会引人关注。

"慌什么慌，回来！"班长叫回了我，"这么远你怎么去取？"

"不是336站下来不远吗？"我说。336路公交我们同学都很熟，护校这两年，每到十月份，我们常会去香山看红叶，这336路一直通到香山南路。

"336路五点才始发，到我们这儿五点半多了，那边让你五点半前到！"

我愣了一下："那怎么办？"脑子一闪马上有了主意："骑自行车去，能借我辆自行车吗？"我估计骑车到那儿也就二十多分钟。

班长指着墙角边一辆年纪较大的永久牌自行车，后座还绑着一个筐，显然是给给养员买菜用的："你能骑？车座都到你脖子了！"

确实，我十四岁初中毕业考上的护校，虽说十六岁了，个子也就一米五几，要骑上了车，腿尖刚够着脚蹬子。但我不服气地说："我行，不信你俩看。"车上根本就没有带锁，我打下车轮脚座，蹬了几步，一纵身，右脚从三脚架中间伸过去，自行车叮叮当当驶了起来，我就这样围着食堂骑了一圈，自豪地说："怎么样?!"

"不怎么样。"班长笑着拍拍车座，"看你，穿着一身军装，这架势在马路上骑车，不把海军的脸丢尽了？”

给养员顺便打趣我：“那也不一定，人家还以为警察在练特技呢！”的确，我们的服装与警察的一模一样，上白下蓝，女警察的无檐软帽上是国徽，我们是红五星。不过到“五一”要换新式军装了，女学员也戴大檐帽。我们已经领到了，真漂亮。

班长沉吟了一下，说：“这样吧，反正每天都有夜班护士，我负责借辆女式自行车，你早上五点到这儿来取，记住，七点前一定要还回来！本来，这事我们应该替你去办，偏偏这几天有两位老兵探亲去了，昨天又感冒病了一位，早上是最忙的时候，你先克服下。下周一就好了。”

“不要紧，不要紧！”我有点儿感动，“本周也就剩三天了，我能坚持。”

五

早上四点半，我悄悄穿好衣服，下楼，到了炊事班门口，班长一脸歉意：“实在不好意思，昨天太晚了，没借到女式自行车，要不晚去一天，今晚准能借到。”

我一下子急了：“不行，怎么能晚去一天呢！”在我心里，一分钟都不能晚。

班长说:“有这么急吗，又不是神丹妙药。”

“那也还是要去！”在我心里，那猪血现在就是神丹妙药。说着我推开了墙角那辆旧自行车:“我这样就能去。”

班长慌忙阻拦:“这样骑着玩玩还行，这么远的路，肯定不行，再说，也不安全！”

我已经蹬开车了:“这点儿路有什么远的，要不是时间急，我走过去都行！”一纵身，我右腿伸进三脚架，自行车驶了起来。班长不放心地喊着追了几步，让我甩掉了。

出了医院大门，上了阜成路，一路向西。路灯还亮着，四周还是黑黝黝的，像是深夜，迎面过来的风让我打了几个寒噤。虽然这车子旧，骑起来特别费劲，我还是骑得很快。身上慢慢热起来，商学院过去了，304 医院过去了，空军总医院过去了，果然，前面是一条河，一座桥！

过了桥，已是满头大汗。马路两边都是菜地，植物的清香和肥料的怪味交织在一起，扑鼻而来。路灯变少了，两边的白杨树高高耸立，显得路上阴森森的。好在第一个路口终于到了，我刚右拐，就看到不远有一片灯火，胆气一下壮了，加快了脚下的速度，恨不得一口气冲到铁门口。

离大铁门还有六七米时，我赶紧捏住了车闸。两边的白杨树没了，一个大院神奇地显现出来，灯很亮，里面传来猪的尖叫声。我顿时心头一颤。从来没听到猪这么叫过。听得我头皮发麻，浑身发冷。

我叫了声“刘师傅”，但怎么也提不起嗓子，又喊了一声，感觉连自己也听不到了，一时，恨自己没出息。灵机一动，按了下车铃。还好，车是旧的，铃铛是新的，铃声很响。不一会儿，一位师傅从铁门上打开小门，走了过来，把我的小热水瓶拿了进去。

我深深地吁了口气，心神也宁静了些。忽然闻到有淡淡的香味，我扭头一看，好家伙，左边也是一大片的花苗圃，有好几十亩地。

是丁香花，这花医院也有，在门诊部门外的花园里，那棵丁香树高，冠也大，站在树下，会让花香笼罩着。只是今年春天暖得晚，大部分花只出现花蕊，香气也不浓。

这边也是。

我正想深吸一口，把这香味带走，门响了，刘师傅快步走过来，把小暖瓶递给我：“按你们的要求，三分之一瓶。”

我连声道谢，把小暖瓶放进了军用挎包，骑上了自行车。不一会儿，就上了阜成路。这时，东方已经浮出了鱼肚白，不时能见到一辆又一辆的马车骡车朝城里赶去，车上装满了各种蔬菜，我知道，他们是奔向周边的各个早市。

赶到中药房已经快六点了，我在一大排小暖瓶中找到了江川的名字，把药瓶取了，匆忙赶到病区。

走进江川病房时，他已醒了，看我拿出两个中药瓶时，他非常疑惑，我让他先把汤药喝下，紧接着打开了另一个瓶："鲜猪血，快喝下！"

江川简直傻了似的："这……这从哪儿弄来的？"

我说："快趁热喝下，一会儿凝固了。"这时，我闻到了一股血腥味，真想屏住呼吸。

他显然也受不了这血腥味，迟疑了片刻，一仰脖子，全喝了下去。我忙掏出手绢，让他把嘴角的血迹擦掉。看得出他很难受，在竭力咽住喉咙，想把反胃的东西压下去，我赶紧跑到护士站拿了一瓶葡萄糖液体，打开，兑上热水让他喝了几口。终于他平静了。

"这么难喝吗？"我觉得自己说的是废话。

"不难喝！"他羞愧了一下，"只是头一回，不太习惯。太谢谢你了，许淼淼同志，你简直就是神仙，我的救命恩人！"

太夸张了！但他这是心里话，我有点儿不好意思了，也有点儿自豪。估计大夜班护士快要来发体温计了，我就离开了病房。

六

第二天凌晨，我骑上了一辆崭新的女式自行车，朝四季青驶去，这回轻快得太多了！虽然天还冷，虽然那猪的叫声让我心颤，但，我努力只想着那片丁香花，想着想着，心情平静了起来，骑起来再也没那么气急了。

在等待刘师傅还我小暖瓶的时候，我静下心来打量这些丁香花。虽然，依旧是淡淡的香味，但今天天气好，天上不像昨天那样黑乎乎的，满天繁星还没有散去，领头的启明星特别明亮。像是对星空的呼应，眼前这么大面积的花海在夜色里，也泛着星星点点的白光，似乎无边无际，真让人欢喜。要是丁香花全部盛开，这一片该有多香，那个景象会多么灿烂呀！往年，医院的那棵丁香盛开时，我们会凑在树下找花朵数花瓣。大部分花是四瓣的，运气好的，还能找到六瓣的，极稀少的，还能找到八瓣的花朵。大家都争着找八瓣的，说谁找到了，这一年运气肯定好！

昨天还自行车时，我把这儿有丁香花的事跟给养员说了，他说他知道，还告诉我，北京的丁香花有两种，一种是乔木，像我们医院那棵大树，一种是灌木，我这儿看到的不是苗圃，是灌木群。我问他："灌木丁香有没有八瓣的？"他说肯定有。还说了句让我感动的话："不管大树小树，都有它自己的香味。"

忽然，我心里一动，俯下身去，靠路边摘下一株花枝，刚开了两朵，自然是四瓣的，还有七个花苞没有绽放。带回去，装在瓶子里放到08病房，真希望这七个花苞里能开出一朵八瓣的丁香花！我用手绢包住花枝下端，然后夹在自行车后座。

到了病房，我先把两个药瓶递给他，然后自己找来个空的盐水瓶灌上清水，把花枝插入，摆到了他的窗台上，他喝药的过程，我避开了目光。

“什么花呀？”他问。

“白丁香。”

“丁香，就是一丁点儿香吗？”

我一下笑了。没想到他还会幽默，看样子，他心情很好，再看他脸色，那两边脸蛋上的苹果红又出现了，还特别亮。是喝中药的原因吗？要是的话，这秘方真有效那就太好了！

“过几天花都开了，会很香的。”

“那太好了！一、二、三、四、五、六、七。”他用目光数着花苞，说，“我会看着它们一个一个绽放！”

太阳已经出来了，第一缕阳光照在花枝上，真好看。我看到窗外，玉渊潭湖对岸，阳光照亮了一颗闪闪的红星，那是军事博物馆的尖顶。每逢节假日，那红五星会发亮，在夜空里特别耀眼。从窗口看，能看到三幢大楼，中央电视台、京西宾馆，最大的建筑还是军事博物馆，剩下都是湖边大片的芦苇，现在正是郁郁葱葱的季节。

我说了句：“芦苇都绿了，你的病也该好了。”

他也很开心：“去年我住院的时候，是夏天，到了秋天，芦花满天飞，到现在，在医院里快一年了。”

忽然，我心头一震，急问：“被子上是什么血？”

他赶紧低头：“坏了，坏了，刚才的猪血。”

殷红的血洒在洁白的被子上，特别显眼。我的心揪了起来：要是一会儿护士来查房，看到这么大一块血，肯定会认定病人又哪儿出血了，要么口腔要么鼻孔，甚至会大惊小怪认为是吐出来的血，那样，要上上下下惊动一大片……

怎么办？真是急死人了。

江川似乎看到了我的焦急，也很紧张。忽然，他侧身打开床头柜，拿出了装剃须刀的金属盒。我还没反应过来，他已拿出小刀片，在左手手指上划了一个口子，有一滴殷红的鲜血，滴到了被子口上。

啊——

我吓晕了，赶紧过去抓住那只手指，还好，口子不深不长，只是还在渗血。情急之中，我用了对付这种伤口最简便的消毒止血的办法，用舌尖舔了一下那伤口。剃须刀那个刀片，是很容易引起感染的！

“别别别……”他慌忙阻止我，也晚了。

我再看那指尖，那小小的伤口不再渗血，我才想起训他：“你怎么这么愣，不疼吗？万一伤口感染了怎么办！”

他先用感激的目光看着我，而后孩子似的笑了笑：“没事，就说我早上削苹果时不小心割破的，这点儿小口子算什么！”

小口子，他说得倒轻巧。我再次抓住那只手，仔细看那伤口会不会感染，寻思要不要再用酒精消消毒，意想不到的事情发生了：他用右手抓住我的右手，在我手背上亲了一口。

天哪！他这是干什么，我简直吓疯了，猛地把他推开，厉声说：“你干什么?！”

他显然也被吓坏了，脸色顿时变得煞白，两眼惊恐地看着我，张了张嘴，想说什么又说不出来。我噙着眼泪，瞪他一眼，出门奔向护士站东边的盥洗间。

他怎么是这种人?！我惊吓过后，怒火起来了。

那个被他亲过的右手背，像火灼过一样，连着心在痛。我用香皂洗了好几遍，还觉得没有洗干净，干脆，我左手抹着眼泪，右手背放在自来水龙头下，让水流一直冲洗着。长到这么大，从来没有男人摸过我的手，怎会想到让男人亲了一口！

“许淼淼，怎么回事？”韦护士不知怎么出现在我的身后，我被吓了一跳，赶紧用袖子抹去眼泪，强笑着对韦护士说：“没……没事……”

“眼睛都哭红了，还没事呢！”韦护士生气地把我拉到窗边，“昨天大夜班护士就告诉我，你一大早去了08病房。”

“我是送中药——”我无力地争辩。

“这中药是你的事吗？有不到六点送中药的吗？”韦护士真的火了，“人家是好意，让我管管你，我今天是特地来逮你的！小小年纪，不要弄出什么风言风语的。”

我不知该怎么解释，也没法解释。

“听着，你还小，不懂得什么叫爱情。再说了，他都得绝症了，还谈什么爱情！”

我有点儿认死理，马上不服气了：“得了绝症就不能有爱情吗？”我刚说完就后悔了，这叫什么呀，这理是这时候辩的吗？这不明摆着把别人的议论往自己头上安吗？完了，更没法解释清楚了。

韦护士让我噎得好半天没话，终于爆发了：“好好好，我不跟你说那么多废话了。战士谈恋爱是要受处分的，你不是不知道。你还没毕业，不要把自己的前程毁了。我正式命令你，从今天起，不允许再进入08病房！”

不进就不进！说实话，谁再让我进去，我也不想进去了。

整个上午，我请假没去上班。一个人坐在宿舍生闷气，脑子里乱成一片，恨死那个江川了，这么不要脸。我好心地帮你，你还欺负我。再也不管你的事了！

下午走进病区，我站在护士站，刚好又看见了08病房的房门。

他在里面会怎样？管他怎样呢！自己越说不要管他，他越在脑子里挥不去。那张照片，那双手，那个伤口，那一株丁香花，不停在我脑中浮现。

关键还有那个秘方！

……

晚上，我找到炊事班长，问他能不能派人把猪血、中药替我送到病房。班长爽快地说："行，明天是星期天，吃两顿，早饭晚，人手够了。取血你也别管了，病房还得我去，别的兵去护士不认识，不会让他们进去，我这老脸管用！"

老脸？他才三十岁。一下子把我逗笑了，郁闷了一天的胸口，舒展了许多。

第二天一早，我急火火地找到了炊事班长，问他情况怎样。班长说，一切都顺利，江川让他捎了一句话，请我原谅他。

"原谅他，什么事呀？"班长也好奇地问。

"……"我期期艾艾地说，"他把我的花瓶打碎了，那是我最心爱的东西！"说谎话真难，这理由是为应付韦护士的，怕她还要追问，没想到这儿用上了。

"哦，怪不得，我看到一株丁香花插在盐水瓶里。"班长没朝心里去，忙他的去了。

七

后来的日子，都是班长每天派人去取血，自己送进病房，一切都变得正常，我的心也宁静起来。只是，从医嘱上看，江川的病情并没有出现奇迹，而且越来越糟。

不知道那株丁香花又开了几朵。

一个星期过去了，再过几天就“五一”了。忽然有一天早饭时间，班长在食堂找到我：“那个病号不用送中药了。”

“为什么？”我没过脑子，脱口而出。

“那秘方不管用，这两天病情急转直下，昨天送去的就没喝下，今天还是没有。听说癌细胞已转移到胸腔，喝水都困难，靠输液了。”

我脑子一下空白了，凭直觉，这一天总会来到的，只是希望能有奇迹出现！

回到病区，见来了不少人，有他部队的，也有他家的人。忽然，我见到了一个熟悉的身影，是江川的队长，他陪着一男一女两位老人走过护士站，走进病房。听边上的护士说，那就是江川的父母，是队长专程去老家接来的。

我真想跟着进去，趁着人多，看看江川到底怎样了，却又不敢，一是韦护士今天好像没事干，如影随形地在我身边，另外，也实在不忍心见到他现在那副模样，也不知道该如何面对他。

八

一阵香味把我从往事中唤醒过来。原来，我在医院里漫无目的地走了快一个小时了。现在，来到了门诊部门口，那棵丁香树下，仰头看，花已盛开，浓浓的香味，像细雨一样洒下。

晚饭我实在不想吃了，早早地回房间洗漱躺下。

韦护士说今晚江川可能会提出想见我，严禁我去病房，我真不知该怎么办。看来，也只能服从她的命令，她现在是我的直接领导。

熄灯后，躺在床上，翻来覆去睡不着，弄得上铺敲床架："许淼淼，翻烧饼哪，还让不让人睡了！"

不让动弹好难受，刚要迷迷糊糊睡着，忽然有人在走廊里喊："许淼淼电话，许淼淼电话。"

我心中一阵狂跳，但想起韦护士的叮嘱，假装没有听见，躺着不起身。上铺也被叫醒："淼淼，叫你呢！"

我拗不过去了，只得披衣出门，见电话话筒已经搁上了，估计刚才那个传呼电话的人，以为我不在。我松了一口气，想回房间睡觉，脚底却像被什么吸住似的，怎么也挪不开步子。终于，神差鬼使，我拿起话筒，拨通了护士站的电话。

马上有人接了，是护士长的声音："许淼淼吗？江川快不行了，想见你，跑步到病区来！"

我什么也不管了，赶紧去！

等我气喘吁吁赶到病区，韦护士在门口等我，责怪道："不听话！"见护士长出来，她赶紧小声补了一句："一会儿听我指挥！"说完陪着我走进了08病房。

病床围满了人，都在等待着我的到来。江川的父母，两位老人慈祥而又绝望的目光，队长和他的战友以及医生护士的各种目光，都投向了我。我真后悔自己没有听韦护士的话，但，已经没有退路了。我避开众人的目光，却又不敢看床上的江川。就在这时，一股浓郁的香味把我的目光一下引到了床头柜上：一只盐水瓶，一株丁香花。九朵丁香花都绽放了！我突然眼睛一亮：八瓣花朵，里面竟有一个八瓣花朵！

我顿时有了勇气，把目光移到江川脸上，他苍白的两颊渐渐泛出了红晕。他张开嘴，吃力地嘟哝了一句。我没有听清，队长马上对我说："他说，他看到八瓣花了。"

啊，原来，我们数花的规矩他也知道了，肯定是别的护士告诉他的。我眼窝一热，心酸地说："八瓣并没有给你带来好运……"

他又说了一句，这回清晰了："遇到你就是我的好运！"

众目睽睽下，我简直羞愧难当。我不知道这些目光里带有多少个疑问，真想找个地洞钻下去，就在这时，他把右手伸了过来，张开，说："对不起！"那双眼睛里，充满期盼，似乎在乞求我的回应。

面对江川的目光，我无法不把手伸出去，就在这时，韦护士拉住我衣袖，悄声说："千万别和他握手！"

我停顿了一下，又看到了那双眼神，避开；又看到了他父母的眼神，队长和他的战友们的眼神，我都无法拒绝！不管了，别的什么眼神也顾不上了。我一使劲，挣脱了韦护士，伸出右手握住了他的右手。他的手上的劲一下子也大了起来，把我的手紧紧握住。我也用了下劲，紧紧握住他的手。

他脸上露出了欣慰而幸福的笑容，天真烂漫，像婴儿一样。

我们四目对望，都想说些什么，但什么也说不出来……

忽然，身边人慌乱起来，坏了，心电仪上的曲线在渐渐拉直。

韦护士对我耳语："快把手撤回来！"说着用手扯我的胳膊，我想他也该松手了，但是，他的手依然抓得那么紧，我看着那烂漫的笑容，实在不忍。不仅没有撤回右手，反而和韦护士较上了劲，怕江川感觉到我抽手。

两只手紧紧地握着。

韦护士气得用另一只手捅我腰部，我紧紧盯着那双慢慢合上的眼睛，不为所动。

终于，屏幕上拉成了一条直线。

江川的笑容依然。

韦护士再次对我耳语：“快松手。”我没有理她，依然凝望着那张笑脸，什么心电仪，我才不信呢，他的笑容在，他就活着！

两只手依然紧握着，时间好像凝固了。

不知过了多久，护士长说：“小许，快松手吧，要不，他手就松不开了，要影响更衣了。”

我终于松手了，但是，已经松不开了，他那只手把我的手握得铁紧。两个护士赶紧过来，好半天用劲也没把那只手掰开，护士长亲自过来，才和韦护士一道熟练地掰开了。

我失神地看着他的脸：笑容依然。

韦护士赶紧过来，拿起我的右手看了看：“都捏青了，你傻不傻呀！”

我没有回答她的话，也在问自己：“你傻不傻呀？”

这时，我突然发现韦护士的眼角有些亮亮的。

别人都在忙，我不知道在这儿该干什么，不知不觉走出了病区，走出了病房楼，到了炊事班门口，那辆买菜用的自行车就在面前。我把它推开，右脚伸进三脚架，骑了起来。

今夜月色很好，把四周照得犹如一个童话世界。

一路向西，我到了那片丁香花前。一个星期没来，和医院里那棵大树一样，花已经全都开了，洁白的一片片一团团的，在月光下灵动而又灿烂，形成了花的海洋、花的波浪、花的涟漪。浓郁的香味，像要把我吞噬融化。我看了一眼那个肉联厂的大铁门，现在是深夜，工人还没上班，一切都是静悄悄的。忽然，我听到寂静的花香中一阵阵响声，细辨一下，是铁门里传出来的，马上明白，那是此起彼伏的鼾声。铁门里，明天要上市的猪，还都在梦乡里。

这香味能飘过那扇铁门吗？

我再回望了这片丁香花，双眼已经模糊，面前白茫茫的一片，无边无际。